蹴《け》りたい背中

綿矢りさ

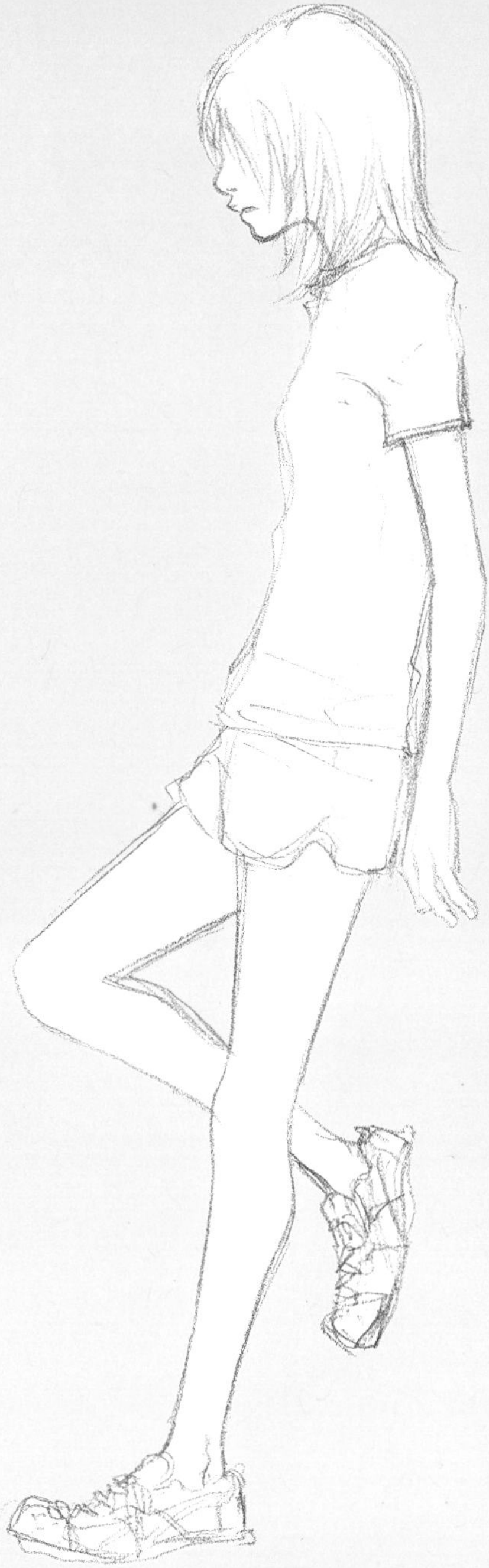

河出書房新社

蹴《け》りたい背中

さびしさは鳴る。耳が痛くなるほど高く澄んだ鈴の音《ね》で鳴り響いて、胸を締めつけるから、せめて周りには聞こえないように、私はプリントを指で千切《ちぎ》る。細長く、細長く。紙を裂《さ》く耳障りな音は、孤独の音を消してくれる。気怠《けだる》げに見せてくれたりもするしね。葉緑体？　オオカナダモ？　ハッ。っていうこのスタンス。あなたたちは微生物を見てはしゃいでいるみたいですけど（苦笑）、私はちょっと遠慮しておく、だってもう高校生だし。ま、あなたたちを横目で見ながらプリントでも千切ってますよ、気怠く。っていうこのスタンス。

黒い実験用机の上にある紙屑《かみくず》の山に、また一つ、そうめんのように細長く千切った紙屑を載せた。うずたかく積もった紙屑の山、私の孤独な時間が凝縮された山。

顕微鏡の順番はいつまで経《た》っても回ってこない。同じ班の女子たちは楽しげにはしゃぎながら、かわりばんこに顕微鏡を覗《のぞ》きこんでいる。彼女らが動いたり笑ったりする度《たび》に舞い上がる細かい埃《ほこり》が、窓から射《さ》す陽《ひ》を受けてきらきらと美しい。これほどのお日和《ひより》なら、顕微鏡もさぞかしくっきり見えることでしょう、さっきから顕微鏡の反射鏡が太陽光をチカチカと跳《は》ね返《かえ》して私の目を焼いてくる。暗幕を全部引いてこの理科室を真っ暗にしてしまいたい。

今日は実験だから、適当に座って五人で一班を作れ。先生が何の気なしに言った一言のせいで、理科室にはただならぬ緊張が走った。適当に座れと言われて、適当な所に座る子なんて、一人もいないんだ。ごく一瞬のうちに働く緻密《ちみつ》な計算——五人全員親しい友達で固められるか、それとも足りない分を余り者で補わなければいけないか——がなされ、友達を探し求めて泳ぐ視線同士がみるみるうちに絡《から》み合《あ》い、グループが編《あ》まれていく。どの糸が絡み合っていくか、私には手に取るように分かる。高校に入学してからまだ二ヵ月しか経っていないこの六月の時点で、クラスの交友関係を相関図にして書けるのは、きっと私くらいだろう。当の自分は相関図の枠外にいるというのに。唯一の頼みの綱だった絹代にも見捨てられ、誰か余ってる人いませんか、と聞かれて手を挙げた、あのみじめさ。せめて口で返事すればよかった。目をぎょろつかせながら、無言で、顔の高さまで挙手した私は妖怪じみていただろう。もう一人の余り者も同じ卑屈な手の挙げ方をしていて、やるせなかった。この挙手で、クラスで友達がまだ出来ていないのは私とそのもう一人の男子、にな川だけだということが明白になった。

人数の関係で私とにな川を班に入れざるを得なくなった女子三人組は、まるで当然というふうに、余り物の華奢《きやしや》な木製の椅子を私とにな川にあてがった。あてがったというよりも、スムーズに私たちの所まで流れてきた、という方が正しい。余り者には余り物がしっくりくるのだ。いじめじゃない、ごく自然なことなんだ。似合うから、しっくりくるから、しようがないんだ。椅子は、背もたれや脚の部分は黒い塗装がところどころ剝《は》げ落《お》ち、木の部分が見えてしまっていて、オレンジ色のクッション部分は虫に喰《く》われており、他のみんなが使っているパイプ椅子に比べたら、椅子としては失格なほどアンティークだった。ちょっと動いただけで、椅子の四本の脚はポテトチップスを嚙《か》み砕《くだ》いている時のような、ぱりぱりぱりした音を出してきしむ。だから首だけを静かに動かして、私は横で私と同じ種類の椅子を使っているもう一人の余り者を眺《なが》めた。

彼は、先生に見つからないように膝《ひざ》の上で雑誌を読んで時間を潰《つぶ》していた。いや、あれは読んでない、ポーズだけだ。だって暗い表情で、どこも見ていない虚《うつ》ろな目で、ひたすら同じページに目を落としている。私たちはクラスメイトたちが楽しげに笑う度に、先生が班内で協力してスケッチをしましょうと言う度に、一つずつ年老いていく。そして雑誌を見たり、プリントを千切ったりして、なんとか暇《ひま》な時間を塗り潰すことで、急激な老化を必死で食い止めているのだ。

しかし、この彼はどっかおかしい。何が間違っているのか分からない、けれどどこの人をじっと眺めていると、味噌汁の、砂が抜けきっていないあさりを嚙みしめて、じゃりっときた時と同じ、ものすごい違和感が一瞬通り過ぎていく。分からなくてもどかしい。どこかな、何が間違っているのかな。

ああそうだ、彼の雑誌が、おかしいんだ。片眉《かたまゆ》を上げてこちらを見据《みす》えている女モデルが大写しになっている表紙、「カジュアル夏小物でＧＯ！」という見出し——女性ファッション誌じゃないか。洒落《しゃれ》たＯＬが愛読してそうなやつを、読んでる。授業中に堂々と広げている。

負けたな。

女性ファッション誌を授業中に一人で開くことのできる男子に比べたら、私のプリント千切りなんか無難すぎる。不要なプリントばっかり千切っている私は、ただの人間シュレッダーだ。この行為が見つかったら、彼はクラスのみんなにどれだけ気色悪《きしょく》がられるか分かっているんだろうか。

椅子の座るところの裏を両手で持ち、お尻につけたまま、かたつむりのようにして彼の近くへ行き、雑誌を覗きこんでみたら、間違いない、やっぱり女用のおしゃれ雑誌だった。キャミソールなどの夏物に身を包んだモデルたちが、華麗なポーズを決めている。私が横にいるのを気づいているのかいないのか、彼は猫背で同じページを見たまま動かず、抜け殻状態だ。

「おもしろいの？　そんなの見て。」

にな川が顔を上げ、その顔に私はぎょっとした。前髪が伸びすぎている。醤油《しょうゆ》を瓶《びん》ごと頭にこぼしてしまったかのような重く黒く長すぎる前髪の奥から、警戒するような光る瞳が覗いていた。目が髪に隠れて見えない分目立つ半開きの口からは、並びの悪い尖《とが》った歯が見えた。にな川は何も言わずにまたうつむき、今度は両肩をすぼめて私を避けるようにしながら、再び雑誌に目を落とした。私は、無視されたみたいだ。席を移動してここまで来たのに放っておかれて、引っ込みがつかない。何気なく彼の見ている雑誌を後ろから覗きこんだ。

するると雑誌のページの中に、見覚えのある笑顔があった。

「……あ、」

この人、私知ってる。雑誌のページの中で、細身のジーンズを着て気持ちよさそうに伸びをしているこのモデルに、私は中一の頃に会ったことがある。この街でモデルみたいな有名人に会うなんてめずらしいことだから、会ってすぐは、わざわざこの人の出ている雑誌を買い、この笑顔を指差してクラスメイトに自慢したりしていた。あの頃と同じように、彼女の笑顔の横に人差し指を置く。

「私、駅前の無印良品で、この人に会ったことがある。」

いきなり、にな川が私の方を振り向いた。座り主が動いたせいで、彼の椅子の脚はプリッツを砕いたような軽い音を出した。

「人違いだろ。」

「そんなことない。このハーフみたいな顔立ち、よく覚えてる。」

鼻がツンと高くて彫《ほ》りの深い顔立ちなのに、目だけが日本人の一重《ひとえ》目蓋《まぶた》だったその顔は、個性的で忘れられない。

「うちの市に古い大きな洋館みたいな市役所があるでしょ、あそこで雑誌の写真撮影をするためにこの街に来たって言ってたよ。」

にな川が魂も一緒に抜け出ていきそうな、深いため息をついた。その後、片手で前髪を鷲《わし》摑《づか》みにするようにして頭を抱えている。何かまずいことを言ったんだろうか。

「にな川、長谷川、遊んでるんじゃないぞ。」班を見回っていた先生が近くに寄ってきた。

「テストに微生物を描《か》けっていう問題出すから、顕微鏡の倍率ちゃんと合わせて細部まで見ておくように。教科書のｐ23の原核生物の拡大写真もよく見ておくこと。」

先生が去ると、にな川は机の陰にとっさに隠した雑誌を鞄《かばん》の中にしまった。そして代わりに教科書を取り出し、ｐ23を開け、文章に猛然と赤線を引き始めた。ページが赤色に染まっていく、一行目も二行目も、三行目も。ｐ23に、そんなにたくさん要チェックの箇所があるとは。

「赤いな。」圧倒されて呟《つぶや》いたら、線が大幅に歪《ゆが》んだ。にな川の手が震えている。筆圧の強いペン先からはインクがにじみ、教科書に丸い赤の染《し》みがじわじわと広がっていく。もしかしたら私、これ以上ちょっかいを出さない方がいいんじゃないだろうか。赤い染みはもう血にしか見えない。

椅子を持って早歩きで撤退しながら、変な仲間意識を持っちゃった自分も、奇怪な行動をとるにな川も憎くなった。

自分の席に戻ると、机の上の積み上げていた紙屑の山がなくなっていて、代わりに周りの床が点々と白くなっていた。窓から吹いてきた風が山をさらって、紙屑を床に飛ばしたのだ。すぐにしゃがみ、紙屑を拾うけれど、でも理科室の水槽の磯臭《いそくさ》いにおいを乗せた窓からの風が、拾おうとした紙をすっすっと飛ばしてしまう。逃げていく紙屑を拾おうとして蛙《かえる》のように低く飛び跳ねる私には、気怠さのかけらもなくて、もう嫌だ、何をやってもうまくいかない。

ようやく拾い集めた紙屑全部を机の上に置き、また風に飛ばされることのないように、すばやく机の上にうつぶせになって、親鳥が巣を守るみたいに紙屑の山を腕で抱え込んだ。

顔に紙の角が当たって痒《かゆ》い。片方の耳を薬品のにおう机に押しつけて目を閉じると、オオカナダモの細胞の絵を描く鉛筆の芯《しん》が紙を通り抜けて机に当たるコツコツという音が、机から伝わって直接鼓膜《こまく》に響いてきた。他にも顕微鏡をがちゃがちゃ動かす音、話し声、楽しげな笑い声。でも私にあるのは紙屑と静寂のみ。同じ机を使っていても向こう岸とこっちでは、こんなにも違う。でも人のいる笑い声ばかりの向こう岸も、またそれはそれで息苦しいのを、私は知っている。

終業ベルの音で目覚めた。目を開けると、視界に白いものがかぶさっていて、前が見えない。紙切れの巣の中で眠っていたせいで、おでこにプリントの切れ端が貼《は》りついている。一つ瞬《まばた》きをしたら、紙がまつ毛に触れて、額《ひたい》の脂を吸った紙きれは音もなく落ちた。するると、目の前に、目があった。私と同じように顔を机の上に載せたにな川が、がらんどうの瞳で私を見ていた。

ちょっと死相出てた。ちょっと死相出てた。

「分かったから、早く観察ノート写して。提出期限、今日の四時までなんだから。」

「だってあの顔忘れられない……。瞳孔《どうこう》が開くって、きっとああいう状態のことを言うんだよ、目ン玉が真っ黒だったもん。」

「にな川は日本人なんだから、目玉黒くて当たり前。」

そうじゃなくて。私を見ているようで見ていない彼の目は、生気《せいき》がごっそり抜け落ちていた。人間に命の電気が流れていると考えるとして、生き生きしている人の瞳ほど煌々《こうこう》と輝いているなら、にな川の瞳は完全に停電していた。

「それから、私、にな川のおうちに招待されました。」

「なんで!?」

「こっちが聞きたい。今日授業終わったら来て、って突然言われた。あの目には逆らえなくて頷《うなず》いちゃったけど、大丈夫かなあ。」

「ほれられたのかもね。」絹代は呑気《のんき》に笑った。他人事《ひとごと》って感じだ。

「中学からの友達にも見捨てられたような私に、ほれたりはしないんじゃない？」

「またいきなり、そゆこと言う。」

絹代は気まずそうに押し黙る。気まずそうと言っても、その気まずい気分を楽しんでいる感じ、口元が猫の口みたいな形に歪んでいる。

「ごめんね、ドタキャンして。だってハツが入っちゃうと、うちのグループの一人が、他に行かなくちゃいけなくなるんだもん。」

ドタキャンっていう軽い語感と肩をすくめる仕草《しぐさ》に腹が立つ。高校に入ってから化粧を始めた絹代は、目蓋に白いアイシャドウを塗りすぎていて、瞬きすると鳥みたいに白目になる。中学の頃は真っ黒だった髪も、〝びびり染め〟と呼ばれている先生に見つからない程度の茶髪になった。

「得意げに〝ドタキャン〟なんて言っちゃって。せめて、どたばたキャンセルしてごめん、って言いなさい。」細いゴムでくくられた小さく尖った雀《すずめ》の尾っぽみたいな毛束を、私は指ではじいた。

「……どたばたキャンセルしてごめん。」

「まだ〝キャンセル〟の響きがカッコよくて腹が立つ、次は土壇場《どたんば》で裏切ってごめん、って言、」

「トランプ始めるぞ絹代ー。」

振り向くと教室のはじっこの方で、絹代に向かって手招きしている〝絹代の仲間たち〟がいた。彼らの中で一番初めに目につくのは、背が高くて横幅もある長い黒髪を芸術的なほど複雑に編んでいる女子。吹奏楽部らしいが、確かに彼女は肺活量がありそう、というかどんなに大きい管楽器でも吹けない楽器はなさそう。彼女の横にいるのは、他の生徒たちが半袖《はんそで》のブラウスに衣更《ころもが》えしているなか、一人まだ長袖のブラウスを着ているおかっぱの不思議議系の女子。彼女たちの後ろに隠れるようにして、野球部で坊主の、ひょうきんなことを言うくせにいつも目が気弱そうに泳いでいる瘦《や》せっぽちの男子と、やたら声がでかくて、不良ぶっている男子がこちらを見ている。みんな体型も顔の濃さもばらばらで、いろんな雑草を寄せ集めて束にしたみたい。絹代は甘ったるい声で、今すぐ行くー、と返事した。

「大丈夫、生物の時間はハツをほったらかしにしてしまったけれど、これからは仲間に入れてあげる。ほら早く観察ノート仕上げちゃって、一緒にトランプしよう。」

「あの人らと一緒にィ?」薄ら笑いを浮かべた。

「ひがむのやめて。」

「ひがんでない、あまりにもひがんでない。」

私を無視して、絹代は自分のグループを満足げに眺めた。

「私、男女混合グループって憧《あこが》れてたんだよね〜。」

「確かに男女混合グループだけど、どれが女でどれが男か分からない。」

私はオオカナダモの細胞ではなく、彼らの似顔絵を素早く描《か》いた。一人あたり五秒くらいしかかけなかったのに、特徴をつかんでいるから、出来上がったら、全員気の毒なくらい似ていた。絹代に見せると、彼女は静かに笑いながら、紙を裏に向けて机の上に静かに置いた。彼女の、おもしろい時には素直に笑っちゃうところが、私は好きだ。

「絹代。」

「何？」

「一人でしゃべってると、何をしゃべってても独り言になってしまうんだよね、当たり前だけど。で、それなりにみじめというか、なんというか。」

「分かる分かる、想像するだけできつそうだもん。だからさ、私と一緒にあの子らと仲間になればいいんだってば。ほら、トランプ。」

「駄目。二人でやっていこう。」

「遠慮しとく。」

頭の尾っぽを振りながら、絹代は机を囲んで大騒ぎしている雑草の束のもとへ走っていく。どうしてそんなに薄まりたがるんだろう。同じ溶液に浸《つ》かってぐったり安心して、他人と飽和することは、そんなに心地よいもんなんだろうか。

私は、余り者も嫌だけど、グループはもっと嫌だ。できた瞬間から繕《つくろ》わなければいけない、不毛なものだから。中学生の頃、話に詰まって目を泳がせて、つまらない話題にしがみついて、そしてなんとか盛り上げようと、けたたましく笑い声をあげている時なんかは、授業の中休みの十分間が永遠にも思えた。自分がやっていたせいか、私は無理して笑っている人をすぐ見抜ける。大きな笑い声をたてながらも眉間《みけん》に皺《しわ》を寄せ、目を苦しげに細めていて、そして決まって歯茎《はぐき》を剝《む》き出《だ》しそうになるくらいカッと大口を開けているのだ。顔のパーツごとに見たらちっとも笑っていないからすぐ分かる。絹代は本当はおもしろい時にだけ笑える子なのに、グループの中に入ってしまうと、いつもこの笑い方をする。あれを高校になってもやろうとする絹代が分からない。

夕暮れ、部活を終えた私を、にな川は校門前で待ち伏せしていた。どうも、と挨拶《あいさつ》したきり無言の彼の後ろをついていって、私の家とは反対方向の、通ったことのない細い道を歩いた。前を歩くにな川の影は黒く長く伸びて、ちょうど私の歩く足のところに彼の頭の部分が来ている。影を踏みしめる度に教科書の入ったリュックサックが重くなる気がする。

周囲の洋風な新しい家々とは違って、にな川の家は平屋の古い造りだった。鉄の門の向こうにはぬれぬれとした石畳が続いており、玄関の戸は引き戸で小さい。にな川が押すと、門は細長く甲高《かんだか》い音を立てて軋《きし》んだ。表札に彫られた「にな」の漢字は、私の知らない、虫偏の難しい漢字で、なんとなくかたつむりを連想させる字だ。

家に上がる前に、お邪魔しますと言ったけれど薄暗い部屋の奥からは誰の返事もなく、

「今、親は仕事に行ってるから。」

と、彼は靴を脱いで静かに家の奥へ入っていく。昔の家だからか、天井が低く、全体的にこぢんまりしている。玄関の正面にある襖《ふすま》は閉じられていて、にな川はその襖の脇にある磨《す》りガラスの敷居戸《しきいど》を開けた。薄暗い板張りの細長い廊下が長く続いていて、靴下を通

して、板廊下の冷たさが足の裏に染みてくる。今が初夏だということを忘れさせてくれる家だ。廊下の奥にある引き戸の先には、日当たりの悪い狭い庭があり、石段の上に、つっかけが三足あった。にな川は何も言わずにつっかけに足を突っ込み、庭を歩いていく。私もつっかけを履《は》いて、庭に下りた。庭には盆栽や古雑誌、旧式の小さな洗濯機や物干《ものほ》し竿《ざお》なんかがあって、さしずめ屋根のない物置きといったところ。足元の生《は》えっ放《ぱな》しの雑草には、蚊《か》が群がっている。

「どうしてこんな所に来たの？」

「ここから、おれの部屋に入るため。」

にな川は庭の奥に行き、茶色の塀《へい》と同化していて気づかなかった、勝手口みたいな小さなドアを開けた。

するとドアの向こうには唐突《とうとつ》に上り階段があった。草ぼうぼうの庭からすぐ階段が続いている光景は異様で、見ていると目まいがしてくる。

「うち、もとは平屋なんだけど、あとから二階を造ったせいで、いったん庭に出てから階段を上らないと、二階へ行けない構造になっちゃったんだ。」

になった川がざらざらの壁に手を伸ばし、電気をつけると、狭くて急な階段がぼんやりと浮かび上がった。

「まあ改築っていっても、この二階はおれが生まれる前からあるほど古いものなんだけど。」

確かに階段は年季《ねんき》が入っており、がっしりとした浅黒い木でできていて、古い校舎の階段のようだ。私たちが段を踏みしめる度に、階段の上の橙色《だいだいいろ》の電球は、線香花火の火のように細かく震える。

階段が終わり、真正面の黄ばんだ襖が開けられると、そこは畳の部屋だった。サイコロの中みたいに正方形で、大きな窓があるのに薄暗い。一番先に目についたのが部屋の隅にある学習机で、私が小学校入学の際にランドセルと一緒に買ってもらったのと同じ、正面にアニメのポスターを飾るスペースのあるタイプだ。その学習机だけが妙に幼くて、他の黄ばんだ襖の押入れや古い型の小さな冷蔵庫、上にこけしやガラスケースに入った日本人形が置いてある背の低い漆塗《うるしぬ》りの箪笥《たんす》となじんでいなかった。逆に言えば唯一学習机だけが普通で、他は年寄りくさい。男子の部屋に入るのって初めてだけれど、こんなにひなびた部屋で暮らしているとは。というか、ここが特殊なだけなのかもしれない。

「日本人形とか、こけしとかが好きなの？」

「別に。あの人形たちは昔からそこにいたから、放っておいただけ。死んだおばあちゃんの、捨てきれない形見の一つらしいけど。」

形見……。こけしを触ろうとした手を引っ込める。

しかし、唯一まともに見えた学習机も、近づいてみたらすごく変だった。歯ブラシと歯《は》磨《みが》き粉《こ》がシャーペンやカッターなんかと一緒に鉛筆立ての缶に入っている。机の棚《たな》には勉強道具だけじゃなく七味唐辛子の小瓶やウスターソースが並べてあり、教科書の横のプラケースの中にはフォークスプーンお箸《はし》が入ったナイロン袋、机の上に出しっ放しの『広辞苑』の上には、粉チーズの代わりに部屋の埃がふんだんにふりかけられている、食べ残しのスパゲティ。椅子の背にはバスタオルが干されている。この学習机に一日の生活がすべて集約されている。

「ごはん、ここで食べるの？」

「うん、落ち着くから。」

この固い木製椅子に座り、電気スタンドと差し向かいでごはんを食べている猫背の彼をまざまざと想像できた。

おもむろに、にな川が片手を空中に上げたので、私はびくっとした。交霊でも始まるのか?!と思ったら、エアコンが低い機械音を立てて動き始め、さっきの動作がリモコンでスイッチを入れたのだと分かった。ちょっと生臭《なまぐさ》い鰹節《かつおぶし》のようなにおいのざらついた冷気がすべり落ちてくる。

「着替えてもいい? いつも家帰ったらすぐに部屋着に着替えるから、家の中で制服着てるとしっくりこないんだ。」

返事を待たずに勝手にブレザーを脱ぎ始めてしまったので、じっとりと窓の外を睨《にら》んで待つしかない。何なんだ? なぜ私はここに呼ばれたんだ? なんか怖くなってきた。頼まれるままノコノコとついて来たはいいけれど、なんか怖くなってきた。ここは完全なる独り用のお部屋だ。空気が部屋の持ち主一人分しかなくて息苦しい。

視線を戻すと、にな川は、暗い緑色に細い黒の格子《こうし》が入っているオセロ盤みたいな柄の着古したシャツと、裾《すそ》が擦《す》り切《き》れて白く糸状に垂れているGパンに着替えていた。痩せぎすのくせに、私のより大きくて、私のよりつくりが雑な、彼の足や肘《ひじ》に目が行く。ほれられたのかもね、という絹代の言葉を思い出した。授業中に女性ファッション誌を食い入るように見ていた彼。何を考えているのかまるで分からない男の子。にな川は机の一番下の引き出しから二個のコップを、冷蔵庫からペットボトルを取り出し、お茶を注《つ》ぐと、私に手渡した。さらに机の一番下の引き出しに入っていたお歳暮《せいぼ》で贈られてきそうな高価な菓子箱を開け、たまご形の洋菓子を一つくれた。

大人しくなっていく私とは逆に、自分の水槽で本来の姿に戻ることができた彼はリラックスしてきたようで、

「突然だったのに、おれんちまで来てくれてありがとう。」

ゆっくり言って、おもむろに側《そば》に寄ってきた。

「でさ、」

口から唾《つば》が飛んできて、思わず目をつぶった。彼はごめんと言って慌《あわ》てて私の目の下についた唾を親指でぬぐった。うぶ毛の擦《こす》れるしゃっという音が微《かす》かに耳に響き、指の腹の生あたたかい感触が肌の上に残った。と、彼は素早く私の背後にまわり、来た、ブラジャ

ーを外されるかも。手の中の菓子を握りしめ脇《わき》の下に力を入れたら、目の前にメモ用紙とボールペンが差し出された。

「ごめん、ちょっとここに……描いてくれないかな。」

「描くって、何を?」

「君がオリチャンに出会った場所の地図。」

「オリチャンて誰?」

「おれが読んでた雑誌に載ってたファッションモデル。」

「ああ……。」

あの人オリチャンていうんだ。ふうん。別に興味ないけど。どうして今あの人の話が出てくるんだろう。

「生物の時間に言わなかったっけ、私があの人に会った場所は、駅前の無印良品だよ。」

この町に無印良品は一つしかないし、雑貨屋自体あそこしかないし、目立って巨大な店《てん》舗《ぽ》だし、地図なんかにわざわざ描かなくても、ここらへんに住んでいる人間なら絶対に知っている場所のはずなんだけど。

「うん。それは聞いた。それで、あの店のどこで、つまり何階の何売り場のどこらへんで彼女に会ったのかを、地図に描いて教えてほしいんだ。」

「描くけど……。」

「本当？　面倒くさいこと頼んで、悪いな。」

描くよ、描きますよ、それが私を家にまで呼んだ目的なら。描くけど、なぜそんなことが知りたいのかを知りたい。

「何、あのモデルって、になな川の失踪《しっそう》した姉とかなの？」

「まさか、違うよ。」

訳の分からないまま、とりあえず、三角座りをした膝の上で地図を描き始めたら、にな川が待ちきれないといった感じで覗きこんでくる。どんどん地図に接近してくる鼻づらが邪魔で、地図を描くのに集中できない。私は身体《からだ》をもそもそと回転させて彼に背を向けた。するとちょうど目の前に、この部屋を立って眺めていた時には気づかなかった、異様な物があった。

学習机の下に大きなプラケースがある。普通だったら冬物の洋服なんかを詰め込んで、夏の間押入れにしまっておくような、大きな蓋付《ふたつ》きのプラスチックケース。ケース自体は異様ではないけれど、置き場所が変だ。ケースが巨大すぎて、机の下の空きスペース、本来なら椅子に座った時に足をぶらぶらさせるための場所、をほとんど占めているのだ。あれじゃ椅子に座った時、足をどこにやるんだろうか。椅子の上で正座するしかないじゃないか。

「机の下にあんな大きいケースがあると邪魔でしょう。」

「いや、これは……こうやればいいから。」

椅子の上で三角座りをした。コンパクトになってしまった彼の姿が恥ずかしくなって、目をそらした。私が恥ずかしくなるなんておかしい。思春期の高校生男子なんだから、こんな格好《かっこう》をしている彼自身に恥ずかしがってほしい。

にな川が椅子から下りた後、私は地図を描くのを中断して机の下のブツをちょっと引っぱった。すると底についていた車輪が畳の目に沿ってうまく滑《すべ》って、ケースは私の前まで来た。透《す》けて見えている中身は、確かに服が入ってるんだけれど、その服はどう見ても女物。いつでも拝見できるようにプラケースの内側に貼りつくようにして入っている。思わず蓋の両側についている黒く光る留め具を外すと、柔らかい甘い匂いがドライアイスの煙のようにケースからあふれた。4月号、5月号、6月号、ひと月も欠かさずに、一ミリの隙間《すきま》も許さずにみっしり詰め込んであるのは、理科室で見ていたあの女性ファッション雑誌だった。ケースの一番外側に貼りついている号では、オリチャンとかいうあのモデルが表紙を飾っていた。雑誌だけじゃない。になが川が絶対に着られそうにない、大きな赤いダリアの花がプリントされた派手なブラウスや、指輪などのアクセサリー類もある。ケースの中はとても華やかだけれど、どこかまがまがしい感じがする。押し込めるようにして、急いで蓋を閉めた。

「そこにある雑誌には全部オリチャンが載ってる。かなり昔に発行されていた古い雑誌も、ネットオークションで買って揃《そろ》えた。他の服とかは読者サービスの抽選やラジオの景品。サイン入りのハンカチもあるんだ。オリチャン、芸歴が長い上活動の幅が広いから、それくらい大きなケースじゃないと入りきらないね。」

変声期の済んだ男子がオリチャンオリチャン言っているのは、かなり不気味だ。

「なんでこんなことしてるの、こんな、集めて……。」

「ファンだから。」

「ファン……。」

間抜けな声で反芻《はんすう》した。ファン、さらりとした言葉。新しく発売された清涼飲料水の名前のよう。ファンって、もしかしてこの地図も。

「おれ、オリチャンのファンなんだ。死ぬほど好き。」彼は真面目な顔で言った。

ファンという言い方は、ふさわしくない。ややこしい。その軽快な響きと、にな川のオリチャンに対する強い思い入れは、まるで結びつかない。

私の描いた地図を見て、彼は首をひねった。

「難解だな。あの店ってこんなに複雑な所だったっけ?」

確かに気もそぞろで描いたせいか、地図は迷路みたいな上、メモ用紙は手の汗とみみず文字で汚れていて、既《すで》に描いた本人にさえ解読不可能だ。

「ううん、うまく平面にできなかっただけ。ごめんね。役立たずで。」

役立たずで、の部分の声が尖る。

「全然役立たずじゃない。この地図を頼りにして行ってみるよ。」

になは川は慌てて取り繕い、そして私を愛《いと》しそうに見つめる。

「おれ、今、一緒にいることができてるんだな……生《なま》のオリチャンに会ったことのある人と。」

気分がかさついた。になは川にとって、私は〝オリチャンと会ったこと〟だけに価値のある女の子なんだ。ほれられたんじゃないの、なんて見当違いもいいところ。

「地図も描いたし、もういいでしょ？　帰るよ。」

「あ、これだけ教えて、オリチャンてどんな人だった？　似てる人とかでいいから教えて。」

お菓子だけは食べていってやる、と包装紙を剝《む》きながら、いやいや古い記憶を掘り返した。そう、あの人から話しかけてきた。とてもじゃないけど、こっちから話しかけられるような人じゃなかった。大股《おおまた》で歩いてくる姿、素足に履いた大きいスニーカー。オリチャンを思い出して胸苦しくなるのは、あの時の自分を同時に思い出してしまうからだ。

「……ペットの餌缶《えさかん》のCM……。」

「CMに出演してる人の顔なんて、いちいち思い出せないよ。」

「違う。人じゃなくて、ああいうCMで草原とかをスローモーションで走っている大きい犬いるでしょ。コリー犬とかゴールデンレトリバーとか。」

「犬?!」

「うん。ああいう犬に似てた。」

草原が似合って、茶色い毛並みがふさふさと風に流れていて、やさしげな瞳をしていて、そして一目見てすぐにお金がかけられているのが分かる、都会の犬。

になな川はケースの中から昔のファッション雑誌を取り出して、あるページを開いて私に見せた。

「長谷川さんが会ったのは、間違いなく本物のオリチャンだ。オリチャン、市役所で撮影するって言ったんだろ。この写真を見ろよ、確かにうちの市の市役所だ。ページの右端にもちゃんと撮影地として載ってる。」

彼の言う通り、古めかしい市役所の前で、建物に似つかわしくない元気な笑顔のオリチャンがポーズを決めていたけれど、それを見たって別に驚きはない。どうでもいい。お菓子はおいしくて、それが救い。上等の洋菓子なのか、丸ごと口に詰め込んで頬ばると、甘くて濃くておいしい。

「知ってたら絶対撮影の現場見に行ってたんだけどなあ。でもあの頃はまだファンじゃなくて、オリチャンていう人自体知らなかったからなあ。この写真見つけた時、悔《くや》しかったんだ、ニアミスみたいで。いや、ほんとはかすってもいないんだけど。でも今、彼女と出会えた人間に会えるなんて、ほんと、運命的って感じがする。オリチャンとおれ。」

それを言うなら、又聞きの彼よりも実際にオリチャンに会った私の方が、オリチャンとの〝運命〟は強いはずだ。興奮してしゃべり続けるにな川の横で、オリチャンに会った日のことがよみがえってくる。彼女はどんな思い出よりも鮮明に、中学生の頃の私を思い起こさせる。今よりもっと周りに無頓着《むとんちゃく》で、それゆえ強かった頃の私を。


中一の夏休みは、他校とのバレーボールの練習試合のために、毎朝電車に乗って隣町に通う日々だった。そして電車に乗る前に駅前の無印良品に寄るのが日課だった。あの日も当然のように、私は朝十時に開店して間もない店に足を踏み入れた。

さわやかなＢＧＭの流れている、白と黒と麻色の雑貨で統一された店内を、中学校のネーム入り試合用赤短パンにＴシャツ、バレーボールが四個入っている細長いスポーツバッグを肩にかついで歩いていった。運動靴の底にこびりついている砂が、歩く度に磨かれた床にこぼれ落ちていく。開店してすぐのため、吹き抜け三階建ての、一階にはＭＵＪＩカフェまである広い店内に、客は数えるほどしかいなかった。私は何も買うつもりはなかった。ただ朝食を摂《と》りたいだけ。コーヒーのいい匂いが漂うＭＵＪＩカフェを通り抜け、いつもの場所を目指す。

大きなコーンフレーク売り場には、それぞれ違う種類のコーンフレークが詰めてあるタンクが、ずらりと並んでいた。タンクは黒いバルブを引くと、まるで蛇口から流れる水道水のように、コーンフレークが茶色い紙袋の上へ落ちてくる仕組みになっている。だけどバルブを引いていいのは、コーンフレークの袋詰めを買う人だけだ。私が狙《ねら》うのは、タンクの下に置いてある、白い小皿に盛られた試食用のコーンフレーク。ザラッと手でつかんで食べ、全種類制覇《せいは》を目指して、小皿の中の半分くらいを食べたら、次の種類へ行く。朝、小皿に盛られたばかりの試食のコーンフレークは、どの種類も香《こう》ばしくておいしい。その中でも、甘くて軽いシンプルな味の、生成《きな》り砂糖のコーンフレークが一番好き。あとレーズンの混ざったコーンフレークもおいしい。両手で掬《すく》って口まで持っていって食べた。この試食が、私の朝ごはん。

その時、どこかに視線を感じた。コーンフレークで口を膨《ふく》らませたまま辺《あた》りを見回すと、ＭＵＪＩカフェのエリアにいる客が、こちらを見て、笑っているのを見つけた。ガラス張りの向こうで、女一人と男一人がテーブルを囲んで座っていて、私の方を眺めて、あけっぴろげに笑っている。何、あのいじ汚い子！とか言いながら笑っているのかもしれない。もしそうだとしても、やめる気はない、まだコーンフレークをあと二種類食べきれていないもの。私は彼らから見えないように棚のかげに隠れ、ラストスパートでコーンフレークを口に詰め込む。

「どこー？」

陽気な大声がカフェのある方角から近づいてきた。なんとなく息をひそめる。どこ？と聞いているわけだから、声の主は人を探しているんだろう。でもここらへんにいる人間といえば私しかいない。声の主は、どこー？　ここー？としばらくいろんな棚をうろうろした。

「あ、いた。」

後ろから声がして、振り向くと、さっきまでカフェの椅子に座っていた女の人がいた。スタイルといい、ふさふさの茶髪といい、まるで外国人で、手に水の入ったコップを持っている。

「コーンフレーク、おいしい?」

かすれている声、息はお酒くさくて、目はあくびした後みたいに潤《うる》んでいる。

「水だよ。コーンフレーク、喉《のど》につまるでしょ。」

背が高い彼女は私の目線まで腰を折り曲げてから、コップを手渡した。目の前にいきなり顔が来て、私は思わず顎《あご》を引いた。整った顔立ち。ハーフなのか、目だけが日本人で、一重で真っ黒の瞳をしている。目と高い鼻がミスマッチで、外人に扮《ふん》して大げさな付け鼻をしている日本人のお笑い芸人みたいにも見える。人なつこい、やさしそうな目で見つめられ、顔が熱くなっていき、あったかい汗をかいた。ふやけた気分のまま、コップの水を一気飲みした。それから水に濡《ぬ》れた口のまわりを、腕で乱暴に拭《ぬぐ》ったら、女の人は、「もののけ姫みたい」とはしゃいだ。それから彼女は子供っぽく、とすんとしゃがんで、私の脚を眺めた。

「君の脚、いいね。すごく速く走れそう。引き締まってる。いいな、私も今度はそんな脚にしてみようかなぁ。」

私もつられて、うつむいて自分の脚を見た。ごぼうが二本。この脚を誉《ほ》めてもらえたのなんて初めてだ。

「あ、でも君がその肩から下げてんのって、ボール？　じゃあ走りじゃなくて違うスポーツやってるんだね。」残念そうに言う。顔を見ていなくても残念そうな顔が目に浮かぶ声。どうやったらこれほどうまく声に色をつけられるんだろう。女の人の白い手が、私の脚に触れた。ふくらはぎの筋肉が反射的に引き締まる。と、彼女はぱっと立ち上がって、カフェにいる男の人の方に振り返り、大声で話しかけ始めた。英語だ。返ってきた言葉も英語で、こちらに向かって歩いてくる男の人の腕は、長く白い。女の人のそばに男が立つと、コーンフレークの棚より背が高かった。二人の白いスニーカーのそれぞれは、サイズが見たこともないくらい大きい。存在感のある四つの靴は、磨かれた光沢のある床の上に、四艘《そう》の船のように浮かんでいた。女の人が私の脚を指差して、カメラを持った男に何か英語で説明して、と、いきなり、私の脚がフラッシュで光った。

「この人カメラマンでね、記念に撮ってもらっちゃった、君の脚を。」

いたずらっぽく笑った。カメラを持った男が笑いながら自分を指差し、フォトグラファーと言う。そして、女の人を指差して、スーパーモデルと言った。女の人が上を向いて笑いながら、男の背中を叩《たた》いた。とても仲がよさそう。私も微笑もうとしたけれど、顔がうまく動かず、唇《くちびる》は真横にしか伸びてくれない。今度はこづかれた男がふざけて、試食のコーンフレークをつまんで、女の人に食べさせ始めた。女の人も鳥みたいに首を動かして、コーンフレークをついばむ。なんだかエッチな光景。でもここで照れてうつむかないでいたら、この人たちの仲間になれるかもしれない。次は、私にもコーンフレークが向けられた。彼の茶色い瞳は気持ちよさそうに潤んでいて、明らかに酔っている。私と目が合っているのに、私を見ていないみたい。お望みどおりコーンフレークを食べようとうすく口を開けたけど、いざ食べるとなると戸惑《とまど》った。鼻先で揺れている一粒のコーンフレークは、私が今まで食べていたものとは違う。彼女がついばんでいたものとも違う。だって、私はこのコーンフレークを持った外国人とは、知り合いでもなんでもないのだ。餌だ。半開きの口のまま、喉だけで唾を飲んだ。自分が段々戸惑い顔になっていくのが分かる。あんまり食べたくない、でもしらけた空気が怖い。だから、ぐっと力を入れて背伸びして、顔を傾け、彼のつまんでいる秋色のコーンフレークを前歯で取った。舌に、乾いた親指の爪が触れる。私だってノリに乗ったりはできるんだ、やり遂《と》げた、というかノリ遂げた。傾いた顔のままで男の瞳を見たら、その瞳の色で言葉を超えて分かった。男の人は、気味悪がっていた。

「わあっ、ごめんごめん!」

大声で女の人に謝《あやま》られ、びっくりした私は歯に挟《はさ》んでいたコーンフレークを落とした。彼女は困って笑いながら言った。

「ごめんね、こんなことさせて。」

まるで悪意のない言い方、なのに、〝恥ずかしい〟の弾《たま》がぶちこまれた。身体が、ぼっと熱くなる。もしかして今私、みっともなかったんだ。謝られるほどに。おふざけには似合わない、切羽詰《せっぱつ》まった顔になりすぎていたのかもしれない、あわてて媚《こ》びるような照れ笑いを作った。その瞬間、女の人の笑顔の温度が低くなり、私は自分がもう完全にもののけ姫じゃなくなってしまったのを知った。

気まずい沈黙を消すように、彼女は軽快にしゃべり出す。

「あのね、私たち、この街に撮影のために来たの。あなたの街の市役所、重要文化財になった洋館でしょ？　その前で撮る予定なんだ。この暑いのに、雑誌の発売時期のせいで秋服着なくちゃいけないから、汗かいて大変。それで、……そう、そんな感じ。」

自分で話し始めたくせに飽きてきた女の人は、男と目を合わせて肩をすくめた。二人は生真面目な、酔いが醒《さ》めたという顔をして、店を出て行った。

「にな川、私そろそろ帰るね。」

お菓子を食べ終わり、包装紙を手で握りつぶしながらそう言うと、オリチャンのことを夢中で話しつづけていた彼は、口が半開きのぼうっとした顔で、立ち上がった私を見上げた。あの日、オリチャンの目に、私もこんなふうに映っていたのかもしれない。そう思うと胸が切なくきしむ。彼が何か言うのを待たずに、私は部屋を出た。

アップランだけは譲れない。運動場を、一周目はゆっくり走り、二周目は一周目より少し速く走り、三周目は二周目よりも速く……と、周を重ねるごとに走るスピードを上げて、ラストの周は全速力で走る。徐々に上がっていく息がドラマチックな走り系トレーニング、アップラン。私はこのアップランを、体裁《ていさい》かまわず本気で走る。前半は一番後ろを大人しげに走っているけれど、ラスト周ではできるかぎりスピードを上げ、他の部員たちをごぼう抜きにして、最後は意地でも一位でゴールインする。アップランはあくまで練習、目的は自分の走りのペースをつかむためのものだけれど、本レースでは絶対勝てないんだからここで頑張るしかない。〝速く走れそう〟と言われた見かけ倒しの脚は、卑怯《ひきょう》な動きにかけてだけは見事だ。みんなの不意をつくためにいきなりペースを変えたり、翌朝筋肉痛で動けなくなるくらいのラストスパートをかけたり、カーブにさしかかった時に横を走っている子に偶然のふりしてぶつかったりと、勝つためにはなんでもする、私のたくましい脚。

でも、いくら勝ちたいからといって、むきになりすぎるのはよくない。前を走る部員を抜こうとラスト周のカーブで身体を傾けすぎたりすると、転《ころ》んじゃうからね。

「ハツ、大丈夫?」

口の周りに運動場の砂をつけて、生まれたてのヤギのように立ち上がろうとしては転ぶ私を、走るのを中断して近寄ってきた先頭の子が心配げに見下ろした。他の部員たちも走るのをやめて、大丈夫、大丈夫?と私の周りに寄ってくる。私を本気で心配しているわけじゃない、ただみんなサボりたいんだ、アップランを。

「先生、怪我人《けがにん》が出ました。」

「長谷川は傷口洗ってきなさい。みんなはトラックに戻って、アップランの続き。」

「えー、何周走ったっけ?」

「どうだったかなー。」

「先生、長谷川さんが転んだのにびっくりして、みんな何周走ったか忘れちゃいました。」

とぼける部員たちに、先生は渋い顔をした。演技くさい、ぎこちない眉間の皺の寄せ方。

「しょうがない奴らだ。じゃあ今からミーティングだ。」

「それは基礎練は終わりってことですか？」

「お前らは、どう思うんだ？」先生が口元に笑みをたたえながら部員たちをちらっと見る。この、先生が部員に送る〝いたずらっぽい視線〟には毎度、寒気がする。

「終わりだと思いまーす！」

先輩部員たちは手を叩《たた》いて過剰に喜び、新入部員である一年生たちも即真似《まね》をする。お決まりの展開だ。

部員たちは、先生の小さなミスをきゃっきゃ笑い、先生決死のギャグ（あまり冴《さ》えない）にもきゃっきゃ笑って応《こた》えることで、今年から顧問になった白髪《しらが》で口が曲がっていて説教くさいこの先生を、「厳しいけど、ちょっと抜けてる先生」という市販品に仕立て上げることに成功した。先生は、実は明るい人間だったんだ、とばかりに、彼女らに〝歩み寄る〟。需要と供給がマッチしたってことなのかもしれない。

隣で別メニューの練習をこなしている男子部員たちは、先生がちやほやされているのをにやにや笑いながら見ているだけ。女子だけでおだてた方が手際《てぎわ》がいいと考えているんだろうけれど、でも多分、男子でもいいんだ。かまってもらうのが嬉《うれ》しいだけで、エロおやじというわけじゃないんだから。先生は女子が寄ってくるのが嬉しいんじゃなくて、人間が寄ってくるのが嬉しいんだ。私には分かる。人間に囲まれて先生が舞い上がる度に、生き生きする度に、私は自分の生き方に対して自信を失くしていく。

「でもミーティングはやるぞ、部室へ移動だ。」

喜んでいた先輩たちは一変して、瞬時にこすっからい顔つきになる。

「部室じゃなくて、教室ですよね？　だって、あんな狭い部室なんかに女子部員も男子部員も入りませんよ。クーラーもないし。」

先輩たちは顔面の上と下でまるで表情が違ってしまっている、上の目は睨《ね》めつけるという言葉がぴったりの上目《うわめ》遣《づか》い、下の口は歯がきれいに見えている爽《さわ》やかな笑み。

「じゃあ教室か？」

先生のあんたが聞いてどうする。針金入りのようにまっすぐ伸びた背筋のジャージ姿が女子高生に振り回されているのを見ていると、腹が立つというより、もの哀しくなる。

部員たちは素早い動きでストレッチの道具や白線引きを片付けていく。男子部員たちも、まだ先生が許可を与えていないのにもかかわらず、もうハードルを体育倉庫へと運び始めている。部活が早く終わってあり余る放課後を、男子部員と女子部員は互いの親交を深める時間に充《あ》てているのだ。

後片付けが進むにつれて砂埃が煙《けむ》るように舞い上がり、私は咳《せ》き込《こ》みながら立ち上がった。膝小僧《ひざこぞう》の血が運動場の白い地面についている。なんとなく恥ずかしくて、スニーカーの裏で消し、それから太陽の光が照り返ってまぶしい白い地面の上を、痛む脚を引きずりながら歩いた。空が晴れている時の運動場は果てしなく広い。外れにある手洗い場が遠くで光っている。歩いている途中で、運動場の中央できちんと整列している、ハイソックスの白がまぶしいハンドボール部をよけた。彼女らは長袖《ながそで》の暑そうなあずき色のユニフォームを着ているのに少しもだらけずに整列して、先生の点呼に、はいっ、はいっ、と返事をしている。締まってるなあ。中学の時のバレー部を思い出す。ああいう団体競技はもう無理だ、きっと身体が受け付けない。一人で戦える陸上を知ってしまった今、仲間とのアイコンタクトはむず痒《がゆ》い。

からからに干上《ひあ》がった手洗い場にたどりつき、大きな蛇口をひねった。乾いて真っ白になっているコンクリートの流しの上に、水が滝のように流れ落ちていく。蛇口を上向けて、膝小僧より少し上にできた擦《す》り傷《きず》を流水につけると、傷の赤色が鮮やかになった。水は太陽熱に温められていて生ぬるく、脛《すね》をだらだらと伝って靴下までも濡らしていく。傷の砂を洗い流した後も、なんとなく蛇口を止められなくて、ほとばしる流水が、靴下のくるぶしあたりにまで染《し》み込《こ》んでくるのをそのままにしていた。

手洗い場の蛇口越しに、校舎からなだらかに続く木立の坂をこっちに向かって走ってくる生徒が見えた。段々近づいてくる。走る振動に合わせて、髪が、黒いくらげのように揺れている。になだ川だ。私の前まで来ると、彼の前髪は汗のせいで顔に重たく貼りついていた。

「ずっと、運動場にいた?」

「いた。」

「そうか。間違って校舎を探してしまってた。」

少し前屈《かが》みになって目を閉じ、呼吸が荒くなくなるのを待つ彼は、夏の日差しと運動場が全く似合っていない。

「あのさ、一人で無印行ってみたんだけど、やっぱりあの地図ではオリチャンがどこを歩いたのか分からなかったから、案内してくれないか?」

「部活中だから無理。」

というか、そんなマニアックな行事には付き合わされたくない。

「部活? 誰もいないけど……。」

後ろを振り返ると、目の前には、のっぺりとした無人の運動場が広がっていた。私の引きずっていた脚が描いた、弱々しく長い線だけが運動場を横断していて、あとは静寂。陸上部員たちは先生と一緒にミーティング教室に行ったとしても、ソフトボール部員やサッカー部員はどこに消えた? さっきまで確実に響いていたはずの掛け声や号令はもうなく、跡形もなく消え去っている。私の後ろの手洗い場の、出しっぱなしの水が流れる音だけが辺りに響いている。

「光化学スモッグの注意報が発令された、って校内放送で言ってた。だから屋外での部活は中止になったんじゃない? おれたちも早く日陰に入らないと、目がちかちかしてくるよ。」

そういえば先生が、校舎から走ってきた生徒と話しているのを、アップランの時に目の端で見たような気がする。あの時に、光化学スモッグ警報が出ている、っていう情報が入ったんだろう。でも先生はそれを部員たちに伝えずに、屋内へのミーティングに持ち込んでしまった。部活を中止しなければいけないのは光化学スモッグのせいなのに、自分からのご褒美《ほうび》にするために。先生の頭に働いたであろう、みみっちい計算を思うと、泣きたくなった。

「あ、怪我。」

にな⽥川が学生鞄から赤い缶を出した。缶の蓋《ふた》を引っこ抜くと、中からは当たり前みたいに絆創膏《ばんそうこう》が出てきた。絆創膏のシールを剝《は》がす彼の指を見ていたら、地面に汗が落ちて黒い染みができた。腕についている転んだ名残の砂は、日に灼《や》けた腕自体よりよっぽど白い。遠くの空から、ヘリコプターの低い音が近づいてきた。

「傷口を見るのが怖いから、絆創膏を貼るんだよ。」

制服のシャツをズボンに入れた救護班員は、広範囲の擦り傷に、慎重に絆創膏を貼った。不意にくすぐったいような、気持ちいい感覚が身体の中で広がった。にな川を見下ろすのって、なんだか気持ちいい。彼の黒いつむじがすぐ触れられるところにある。

「って、オリチャンが雑誌のコラムで言ってた。じゃあな。」

彼は立ち上がり、校門に向かって歩き出す。今日、学校で初めて話をした人。

「待って、私も行く。」小走りで彼を追いかけ、誰もいない運動場を後にした。


オリチャンと会ったあの夏の日と同じように、体操服と短パンで無印良品を訪れている。そしてまた砂のこびりついた運動靴で、床を汚す。店内は涼しく、汗はすぐに冷たいしずくとなって首を伝う。内装や商品の配置はほとんど変わっていなくて、奥に進んでいくと、昔と同じようにMUJIカフェがあった。

「この店にいたオリチャンとガラス越しに目が合ったんだ。」

カフェといってもそれほど独立していなくて、何枚かのウィンドウで仕切られているだけなので、オーダーをしなくても、それほど不自然じゃなく中に忍び込めた。私はウィンドウの手前にあるテーブルの椅子を触った。

「多分この椅子にオリチャンが座ってたと思う。でも記憶が曖昧《あいまい》だから間違ってるかもしれない。このテーブルだったことは確かだけれど。」

「じゃあ、もしかしたらこっちの椅子かもしれないいんだね？」

になな川は同じテーブルにあったもう一脚の椅子を眺めた。

「うん、でもその椅子には多分連れが座ってたはず。」

「え、オリチャンに連れがいたの？」

「うん。外国人の男だったんだけど、オリチャンと二人でコーンフレークを食べさせ合ったりして、いちゃついてた。恋人じゃないかな、あれ。」

になな川の目から光が消えた。

「恋人か、ファンとしては痛烈な響き。いや、でも、おれは受け入れるよ。おれはオリチャンに彼氏がいてもいい派なんだ、だって彼女もう二七歳だし。ネットとか見てると、それすら嫌なファンもいるみたいだけど、そこは、譲らなきゃ……。」

両手で長い前髪を寄せ集めて目を隠すような仕草《しぐさ》をしながら呟いている。そしておもむろに鞄を開けたかと思うと、カメラを取り出し、テーブルや椅子の写真を撮り始めた。レジにいる店員がフラッシュの光に気づいて、いぶかしそうにこちらを見ている。試食を朝ごはんにしていた私と、カフェの椅子を激写しているになな川とだったら、どっちの方がより怪《あや》しくて迷惑だろうか。負けず嫌いの私だけれど、この勝負には勝ちたくない。

にな川はせわしなく移動し、あらゆる角度からテーブルを撮っている。横に黙って突っ立っている私まで怪しく見られてしまいそうなので、話を続ける。

「オリチャンて二七歳なんだ。会った時から既にもう二七歳くらいに見えたけどね。外人だから老《ふ》けるの早いのかな。」

にな川は私の言葉を鼻で笑った。

「何?」

「オリチャンの特技は〝目玉焼きをキレイに食べること〟だ。」

彼は勝ち誇って言い、なぜか私は負けた格好になってしまい、

「いや、意味が分からない……。」

「オリチャンには老いは染み込まない、ってこと。」

そうですか、じゃあもう好きにしてください。先にカフェを出て外で待っていたら、近づいてきた店員に注意されているにな川がウィンドウ越しに見えて、ちょっと笑った。

コーンフレーク売り場は前よりスペースが縮小されていた。試食できるコーンフレーク

が三種類に減っている。コーンフレークを盛った小皿は昼の光を受けておいしそうに輝いていたが、食べたいとは思わない。

「ここで、二人とどんな話をしたの?」

「だから今日撮影のためにこの街へ来たとか……。」

になな川は社会見学に来た小学生みたいに、私の言うことを何もかもメモしていく。

「あと、あの人、私の脚を見て、速く走れそうだね、って言った。」

「ああ、だから陸上部なんだ。」

さらっと見当違いなことを言われて、なぜか動揺した。

「違う、全然関係ない。私はあんたとは違うよ。」

こんな、すぐに忘れ去られるような会話でむきになる必要はないのに、私に興《きよう》ざめした瞬間のオリチャンの顔が脳裏に浮かんで、否定せずにはいられなくなる。

「私は、自分で走りたいと思ったから、走ってるの。」

コーンフレーク売り場の写真を撮り終わって、ようやく無印ツアーが終了した。自動ドアを抜けて店を出ると、さっきよりはましだけれどまだ暑く、出てすぐなのに、じっとり汗がにじむ。にな川と一緒に、ビルの日陰をつないで歩く。駅前の大通りでのランニングパンツ姿は浮いていて、すれ違う通行人の視線を感じた。着替えの制服は学校の部室に置いてきたままだ。早く着替えたいけれど、今取りに入ったら、ミーティングを終えた部員たちと鉢合《はちあ》わせしてしまう。部員たちは先生に断りもなくサボる部員には厳しい。先生を丸め込んで休みを勝ち取ったりはするけれど、勝手にサボったりはしないというのが、暗黙のルールとしてあるのだ。

「あんたの家でちょっと休ませてほしいんだけど、いい？」

言ってから、高校に入ってからずっとできなかった〝人に気楽に声をかける〟ということが、にな川相手だとできたことに気づいた。

「ああ、別にいいよ。」

にな川も気軽に返事して、無印の帰り道と学校の中間地点くらいにある彼の家へと向かう。こんな簡単な会話が、久々なせいか、乾いた心に水のように染みこむ。私は、この、少し前を歩く猫背の男の子と友達になればいいのかもしれない。男友達、という響きを思い浮かべると、絹代が言っていた時は馬鹿みたいと思っていたのに、胸が高鳴った。

にな川の家の玄関正面の襖《ふすま》はまた閉まっていたが、襖の奥からはテレビの音が聞こえ、人の気配がした。今日は家の人がいるんだ。しかしにな川は、襖を開けず、さっさと内庭に通じる廊下を歩き始める。私も黙って、足をしのばせて彼の後ろに続く。挨拶もしないなんて礼儀知らずなのは分かっているけれど、あんな離れ部屋にこれから二人でこもるんだから、挨拶はしにくい。

にな川は自分の部屋に入るなりクーラーをつけ、そして、前と同じようにすぐに制服から普段着に着替えた。

「一人暮らしみたいな部屋だね。テレビに、冷蔵庫まであるし。」

「いちいち一階まで降りるのがめんどくさいんだ。特に冬とか、サンダル履いて庭に出る時とか寒さに我慢できない。できればトイレもつけたいくらい。」ガーゼみたいな生地《きじ》のくたびれたシャツを羽織り、ボタンをとめながら彼が答える。

「にしても、冷蔵庫までいるの?」

「夜中に、手元に水気のあるものがないと不安になるから。」

うちではこんなのきっと認められない。こういうのは自立とは違うんじゃないの？　でもにな川はなんだか得意げだ。

「洗濯物も自分で干すし。」

窓を開けると、部屋に差し込もうとする陽光をすべて遮《さえぎ》ってしまうほどの量の洗濯物が、風に揺れていた。長い時間干し過ぎたのか、ひからびて変な形のまま固まっているTシャツ、からし色のパジャマ、どんよりと吊《つ》り下《さ》げられている太いGパン、そして襞《ひだ》のように何枚も重なってはためいている白いバスタオル。窓の外側にあるこのもう一つのカーテンがこの部屋の薄暗さの原因だったんだ。

「洗濯物のなる木。」

そう紹介された物干しには、確かに洗濯物がたわわに実っている。

「洗濯物は着たい時になったら直接ここからもぐことにしている。わざわざ畳んだりしないんだ。合理的だろ。」

洗濯ばさみで留めてあるタオルをブチンと勢いよくもぎ取り、にな川は私をうかがい見る。でもなんの反応も示せなくて、物干し竿をただ見つめた。ふと洗濯物の襞をめくってみると、外から、夕陽の黄色い光の筋が部屋に差し込んだ。

「夕暮れが始まってる。分かんなかった……。」

ここは時間を忘れさせるタイムカプセルのような部屋だ。私もここにずっといたら、この部屋の主のように、前髪が伸びすぎているのも気づかずに時を重ねるかもしれない。

「あ、オリチャンのラジオが始まる時間だ。ごめん、聴く。」

になな川は素早い動きで押入れからCDラジカセを出し、銀色のアンテナを限界まで長く伸ばし、それから馴《な》れた手つきでぴたっと45度くらいの位置に傾けた。そしてCDラジカセの前にこちらに背を向けて座り、イヤホンをつけた。ラジオ、私を放ったらかしにして、一人で聴くつもりらしい。幼稚園の頃とか、みんなで遊んでいても、一人だけで隠しながらお菓子を食べていたり、友達に回さずにゲーム機で一人こっそり遊ぶような子がいたけれど、あれみたい。彼の社交は幼稚園時代くらいで止まっているのかもしれない。

ラジオに向き合って座った彼は、やがて少しも動かなくなり、部屋はしんとなった。何もすることがなくなった私の目は、自然とアレに吸い寄せられていく。

薄暗がりにあるにもかかわらず、あの異様な存在感。脈打っているこの部屋の心臓、にな川のファンシーケース。蓋を開けると、やはり前と同じふくよかな甘い匂いが香り、殺《さつ》風景《ぷうけい》なこの部屋には似ても似つかない可憐《かれん》な世界がケースを中心にして広がっていく。匂いが伝わったのか、にな川が振り向いた。

「何してるの？」

「いや、暇《ひま》で……。」

「そう。」

にな川がまたラジオに向き直ったのを確認してから、もう一度振り向かせてしまわないよう、あまり音をたてずに中のアイテムを掘り出すと、小さな青い小箱が出てきた。小箱の中には、それぞれ違う種類の、しかし皆一様に高級そうな香水が三瓶入っている。このファンシーケースの匂いの元は、これだったのか。オリチャンが使っているのと同じ香水を買い集めたのだろう、香水にはそれぞれ違う年代が書かれた小さなシールが貼ってある。

香水の匂いでは隠しきれない暗い情熱が、ケースを湿らせている。大分昔の年代から揃えてある膨大な量のファッション雑誌。Tシャツ、靴、お菓子、アクセサリーや携帯のストラップ、本、漫画、サイン入りのバンダナ、いろんな細々《こまごま》したものが一つ一つ丁寧に袋詰めされている。きっとこのどれもがオリチャンに関連しているものなんだろう。二重のナイロン袋に入れて密封されている服があった。剝《む》き出《だ》しで収納してある他の服が新品っぽいのに比べて、袋に入っているこの赤いブラウスは生地が毛羽立《けばだ》っていて古着っぽい。案《あん》の定《じょう》袋の中の紙切れに「6月号読者プレゼント　一名様　オリチャン愛用のインナー」とある。鑑定士のように白い手袋をはめて、このブラウスを大切そうに取り出している、になな川が目に浮かんだ。あまり触ると怒られそう、そっと元の位置に戻す。年季の入った高校卒業アルバムまであった。アルバムの付箋《ふせん》が貼ってあるところを開くと、学生の顔写真が並び、佐々木オリビアという名前の表記の上に、もっさりして見える髪型——多分当時は流行していたんだろう——をした、少し太めの女の子の写真があった。ここまでいくと、ファンのコレクションというより、遺品の詰め合わせみたい。この部屋は亡くなった娘がいつでも帰ってこられるように生前の状態から変えていないんです、というような、切ない、そしてどこか不気味な。

分厚い青いファイルには、ワープロできちんと活字にされた、オリチャンの詳細なプロフィールの紙、記事の切抜きなどが大量に挟んである。プロフィールには生年月日はもちろん、卒業した小中高専門学校名や行きつけの店、さらに実家の住所、手書きで描《か》かれた部屋の間取り図などが、何枚にもわたって書き連ねられている。情報化社会って怖い。でも、やっぱりというか、当然というか、今現在のオリチャンの住所は載っていないし、もちろん男関係のことも分からない。これだけ情報が揃っているのに、肝心《かんじん》な所が抜け落ちている。ディズニーのジグソーパズルでいうと、一番大切な、ミッキーの顔の部分のパーツがない状態。

青いファイルがコレクションのファイルの最後だったので、掘り出していった物をまた詰め直そうとしてケースを覗きこむと、底に小さな紙が貼りついているのを見つけた。今まで上に載っていた物に押《お》し潰《つぶ》されて皺々になっている、赤茶けた紙きれだ。ファイルから抜け落ちて、気づかれずに放っておかれたのかもしれない。めくって、裏を見た。

その途端、筆圧の強いボールペンに荒く黒く塗りつぶされていくように息苦しくなった。

「これは、無理がある……。」

無理があった。オリチャンの顔写真に、オリチャンの本当の身体とは似ても似つかないだろう、まだ成長しきっていない少女の裸が、指紋のついたセロテープでつぎはぎしてある。

肌の色も紙の質も全然違うし、遠近の釣《つ》り合《あ》いも取れていない。オリチャンの顔写真がアップすぎて、少女のか細い肩の上を転げ落ちてしまいそうだ。そして何より大人の顔のオリチャンと少女の身体のアンバランスさが、人面犬《じんめんけん》みたいに醜い。

酸《す》っぱい。濃縮100％の汗を嗅《か》がされたかのように、酸っぱい。嫌悪と同時になんともいえない感覚が襲ってくる。プールの水の、塩素のにおい。夏、水泳の時間が終わり、熱気むんむんの狭い更衣室でクラスの女子たちと一緒に着替える。周りの生徒に裸を見られないように、筒形の水泳用バスタオルを頭だけ出してすっぽりとかぶる。水泳用バスタオルにはタオルを筒形の状態で保てるようなボタンがついている上、ずり落ちないように上の口にゴムがついているから、普通のバスタオルを身体に巻いて着替えるよりもずっと、身体を隠せる率があがる。更衣室の高窓から射す陽を浴びながら、私は巨大なてるてる坊主になり、でも周りの女子たちも皆てるてる坊主なので、別に恥ずかしさは感じない。で、濡れた水着はうまく身体をよじりさえすれば、てるてる坊主のままでもなんとか脱げるけれど、パンツを穿《は》く時にはバスタオルの中を覗きこまないと、パンツの二つの穴に足が通らない。他の女子たちには見えないように、バスタオルのゴムの部分をこそこそと覗きこむと、さっきまで小さな更衣室だったバスタオルの中は、はちきれそうなほどHな覗き小屋に変わる。自分の生温かい息で湿っていくバスタオルの世界の中で、自分にだけ見えている毛の生えた股の間。オリチャンのつぎはぎ写真を見ていたら、あれを見ている時と同じ、身体の力が抜けてふやけていくような、いやらしい気持ちが、七色に光る油のように身体の奥に溜《た》まっていった。鉄の味のするフォークを舐《な》めた時のような悪寒《おかん》が背中を走っているのに、見つめてしまう。

私の右手の親指と人差し指は、オリチャンのつぎはぎを汚いもののようにつまみながらも、しっかりつまんで放そうとはしない。結局つぎはぎ写真だけは元に戻さずに、荒らしてしまったファンシーケースの中身を手早く整えてから蓋を閉めた。力いっぱい押すと、ケースはまたスムーズに机の下に戻った。つぎはぎ写真を失ったまま。

指でつまんでいる稚拙《ちせつ》な写真を眺める。これは、になな川が何歳の時の「作品」なんだろう。紙の赤茶けた感じや、ケースの底にゴミのように貼り付いたまま忘れられていたことから考えるかぎり、かなり初期の作品の気がする。オリチャンへの想いの原型が剝《む》き出《だ》しになっているのが、この、顔はオリチャン、身体は少女の写真なんじゃないだろうか。にな川の猫背の後ろ姿を直視できない。

あんなに健康的なものを、よくこれだけ卑猥《ひわい》な目で見られますね。心の中で小さく嘲《わら》ってみたら、興奮した。あれだけ健康的にすくすくと輝いているものをここまで貶《おとし》めてしまえるのはすごい。多分これを作ったにな川は、オリチャンを貶めているなんてさらさら思っていないと思うけれど。

脆《もろ》いつぎはぎ部分が壊れてしまわないように、そっと、写真をランニングパンツの尻ポケットに入れた。

にな川は初めと変わらない体勢で一心にラジオを聴いている。英語のリスニングテストを受けているかのような集中力で、私が近寄っても気づかない。彼はなぜかイヤホンを片っぽの耳にしか突っ込んでいなかった。もう片方のイヤホンは肩に垂《た》れ下《さ》がっている。いつの間にか私は立ち上がっていて、彼を見下ろしていた。彼の後ろ頸《くび》を、肌触りだけはよさそうな白いシャツの襟《えり》が囲んでいる。洗濯しているんだろうけれど、着古して、襟ぐりの内側が垢《あか》で汚れて茶色くなっていた。ずっと見つめていると、また生乾きの腫《は》れぼったい気持ちが膨《ふく》れ上《あ》がった。

「なんで片耳だけでラジオを聴いているの?」

振り向いた顔は、至福の時間を邪魔されて迷惑そうだった。発見。にな川って迷惑そうな表情がすごく似合う。眉のひそめ方が上品、片眉が綺麗《きれい》につり上がっている、そして、私を人間とも思っていないような冷たい目。

「この方が耳元で囁《ささや》かれてる感じがするから。」そう言って、またラジオに向き直る。

ぞくっときた。プールな気分は収まるどころか、触るだけで痛い赤いにきびのように、微熱を持って膨らむ。またオリチャンの声の世界に戻る背中を真上から見下ろしていると、息が熱くなってきた。

この、もの哀しく丸まった、無防備な背中を蹴《け》りたい。痛がるにな川を見たい。いきなり咲いたまっさらな欲望は、閃光《せんこう》のようで、一瞬目が眩《くら》んだ。

瞬間、足の裏に、背骨の確かな感触があった。

にな川は前にのめり、イヤホンは引っぱられCDデッキから外れて、ラジオの曲が部屋中に大音量で鳴り響いた。おしゃれな雑貨屋なんかで流れていそうなボサノバ調の曲に全然合っていない驚いた瞳で、彼は息をつめて私を見つめている。

「ごめん、強く……叩きすぎた。軽く肩を叩こうとしたんだけど。もう帰るって、言いたくて。」ドアをノックするような手の動きを加えながら、嘘がすらすら口から出てきた。

「ほぼパンチくらいの威力だったよ、今の。」

私のニューマキシシングルをお送りしましたー、恥ずかしいな、いかがでしたかー?と、オリチャンの能天気な声が響く。

「あー、声が同じ、やっぱり私が無印で会った人はオリチャンに間違いないね。」

話をそらすために、わざと明るい声を作って言った。

「すごいよな、この声を実際に聞いたことあるなんてな。」

背中の蹴られた部分をさすりながら、にな川は私を〝憧れの職業についている大人〟を見るような目で見る。蹴ったのがばれませんように。でも、もし青痣《あおあざ》になっていたとしても、背中だから、まず気づくことはないだろう。彼の背中で人知れず青く内出血している痣を想像すると愛《いと》しくって、さらに指で押してみたくなった。乱暴な欲望はとどまらない。

「そうだ。私帰ろうとしてたんだっけ。こんな夕方まで体操服着て、何やってんだろ。そんじゃ。」

歩こうとしたら、膝から下の力が抜けて、スローモーションのような尻もちをつき、素早くにな川を見たが、彼は既にイヤホンを戻し、またオリチャンと二人きりの世界に旅立っていた。

まだテレビの音がしている居間を避けるようにして長い廊下を通り、靴をひっかけて玄関を飛び出した。外は既に薄暗くなっており、気温も下がっていて、なんだか落ち着かない。外からでは、にな川の部屋のある二階部分は、道路に面している一階の平屋の家とは、別の家みたいに見えた。洗濯物だらけの窓も見えた。あの向こうに、一番大切な箱を荒らされ、盗まれ、その上蹴られた男の子がいる。と思うと、なんだかたまらない。半開きの口からつゅんと熱い唾が溢《あふ》れて、あわてて上向いて喉だけひくつかせて、どうにか飲み込んだ。

帰り道、コンビニに寄って、この前にな川の読んでいたファッション雑誌を立ち読みした。でもページに並ぶモデルは、どれもバタくさい鼻筋のしっかり通っている系統の美人ばかりで、見ているうちに、どの人もオリチャンのような気がしてくる。私が会ったのはオリチャンじゃないかもしれない。ページをめくっていくと、白黒の読み物ページにオリチャンの短いコラムが載っていた。コラムの横には50円切手大のオリチャンの写真。初めての方でも手軽に申し込める金融機関、を紹介する受付嬢風に微笑んでいる。三年前の記憶と重ね合わせようとしたけれど、ぼやっとしてうまくいかなかった。仕方なく横のコラムに目を通した。

――こんばんは、Oliです。これを書いている今は、夜なんだけれど、窓を開けたら夜風と一緒に、近くの家のお風呂の匂いが部屋にすべりこんできたよ。シャボンのいい匂いと、遠くで聞こえるかすかなシャワーの音が、とても心地《ここち》いい。自然の景色を自分の庭の一部に見立てちゃう〝借景《しゃっけい》〟っていうのがあるけど、これは〝借香〟かなぁ？　ラッキー。

　さて、みなさんは毎日ちゃんと眠れていますか？　私はある悩みごとのせいで、つい最近まで不眠症だったんです。悩みごととは、自分の声のこと。低いんだよね、むやみに。イメージしていた高音が、レコーディング中にどうしても出なくて、それをくよくよ気にしていたら、夜寝つけなくなっちゃって。小さな灯《あか》りが気になったり、何回もトイレに行きたくなったりする。みなさんもあるよね？　そういうこと。でも！　解決策を見つけました。

それは……、かくれてねむる。

部屋の電気を消して、でもわざと机の上の電気スタンドだけをつけっぱなしにするんだ。そして、その電気スタンドの光からかくれるように、羽根ぶとんを頭からかぶって、かくれんぼしてるような気分で、部屋のすみっこで小さく丸まるの。そうしたら、ひそやかなワクワクが身体を満たして、幸せな気分になって、やがて眠くなる……Zz

眠れない夜が来たら、試してみてね。——

胸がひりひりする。懐かしいこの痛み、私が無印で会ったのは間違いなくオリチャンだ。幼い人、上手に幼い人。そして彼女の前にいた泥臭く幼い私。手が震えるくらい重いファッション雑誌を、またコンビニの棚に戻した。にな川はこういう〝オリチャンから与えられるオリチャンの情報〟だけを集めているんだ。実際の、生のオリチャンを知らずに。

夏休みが近づくにつれ、暑い教室で、男子は半袖《はんそで》をまくり上げ靴に靴下まで脱いで裸足《はだし》で、女子は下敷きでスカートの中をあおぎながら、億劫《おっくう》そうに授業を受けるようになった。でも昼ごはんの時間になるといつも通り華やぐ。どのグループも仲間のギャグを笑い飛ばして昼ごはんを食べているから、騒々《そうぞう》しさは廊下まで漏《も》れている。私は自分の机から椅子を持ってきて、窓際の白い木綿《もめん》のカーテンの内側に入って椅子を置き、窓を開けた。風が前髪を揺らし、上に広がる空は白く、下に広がる運動場からはバレーボールで遊んでいる男子グループの歓声が聞こえてきて、のんびりといい気持ち。つい最近までは運動場で遊ぶ生徒たちが多くて、もっと歓声が聞こえていたのだけれど、ここ二、三日の暑さのせいで人がめっきり減った。

この前絹代がグループの子たちと一緒に弁当を食べたいとすまなそうに言い出し、ハッも一緒にどう、と言われた。けれど絹代の、心からすまなそうにしている顔なんて初めて見たから、なんだか違和感があって断ってしまい、一人で弁当を食べなければならなくなった。でも自分の席で一人で食べているとクラスのみんなの視線がつらい。だから、いかにも自分から孤独を選んだ、というふうに見えるように、こうやって窓際で食べるのが習慣になりつつある。運動靴を爪先《つまさき》にぶらつかせながら、私が一人で食べてるとは思っていないお母さんが作ってくれた色とりどりのおかずをつまむ。カーテンの外側の教室は騒がしいけれど、ここ、カーテンの内側では、私のプラスチックの箸《はし》が弁当箱に当たる、かちゃかちゃという幼稚な音だけが響く。

ふと背後に気配を感じて振り向くと、クラスの男子がカーテンの裾《すそ》をまくり、小さいペットボトルに入ったお茶を飲みつつ私を見ていた。

彼はペットボトルから口を離し、濡《ぬ》れた唇のまま私に言った。

「教室のクーラー、今日から解禁なんだ。で、窓開けられると、クーラーで冷やした教室が台無しになるんだよ。窓からすぐ近くのあんたは涼しいだろうけど。閉めて。」

にな川とは全然違う、低くてゆっくりな、ふてぶてしい声。無言で頷《うなず》くと、男子は素早くまたカーテンを引いた。すぐに言われた通りに窓を閉め、鍵《かぎ》までかける。

居場所がまたなくなってしまった。これからは自分の机で独りごはんに耐える日々が続くんだ。でも考えてみたらもうすぐ夏休みだから学校に来なくてもよくなる、でももっとよく考えたら夏休み後の二学期にも同じ日々が続くだけだ。もっと悪くなるかもしれない、さっきの男子の態度、あれは同級生じゃなく、一段低い者への態度だった。掃除当番を押しつけようとしている感じ、といおうか、こちらが萎縮《いしゅく》して当然と思っている態度。にな川がクラスメイトにああいう態度を取られているのには気づいていたけれど、まさか自分にまで及んでいるとは。赤いチェックの弁当包みで、小さくて二段重ねの、猫の絵柄がついた桜色の弁当箱を震える指で包む。私の持ち物の中では唯一弁当関連の小物だけが女の子らしい。誰も見ていないけれど急に恥ずかしくなって、弁当箱を運動場に放り投げたくなった。

にな川はいつも、昼ごはんの時間になると教室から出て行く。どこに行っているのか分からないけれど、昼休みが終わる頃になるとまた戻ってくる。今もやっぱり教室にはいない。

彼とは、一緒に無印に行ったことなんかまるでなかったかのように、教室ではお互いにおはようの挨拶さえしない。教室での私と彼の間には、なぜか、同じ極の磁石が反発し合っているような距離がある。授業の合間の十分休み、クラスのみんなが友達としゃべったりしているなか、にな川はいつも、背骨が弱っているみたいに机に片頰《かたほお》と片耳をべったりくっつけて寝ている。すると私はどれだけ疲れていて眠くても、なぜかその格好だけはしたくなくなる。しようがないので、顔の前でいただきますをするみたいに両の手を合わせ、合わせた二つの親指の上に顎《あご》を置き、二つの人差し指に鼻と口を軽くつけて目を閉じる格好で、十分間をやり過ごす。

そのくせ授業中になると、私は頰杖《ほおづえ》をついて、教壇のすぐ前の席に座っている彼を見つめている。背中を蹴《け》った時のあの足裏の感触を反芻《はんすう》しながら。すると身体が熱くなってくる。でも目だけは冷静に、彼を〝観察〟している。目つきと身体の温度が相反している〝冷えのぼせ〟状態だ。こんな目つきで男子を見ることに、なんとなく罪悪感を感じて、にな川が少しでも動くとすぐ目をそらす。私の学校での鮮やかな感情といえば、この〝冷えのぼせ〟だけで、授業も教室の喧騒《けんそう》も灰色にくすんで、家に帰っても学校で何があったかよく思い出せない。たまった緊張のせいで背骨がきしむような痛みだけが残っている。

学校にいると早く帰りたくて仕方がないのに、家にいると学校のことばかり考えてしまう毎日が続く。昼休みの終わりを告げるチャイムが鳴り、そろそろとカーテンの外に出ると教室にいるのは私一人になっていた。五限のスライド上映のため、みんな体育館へ移動したのだ。

体育館の中に入るとすぐに、

「あ、ちょっと。」

と呼び止められた。振り向くと、〝放送局〟という腕章を付けた男子が、メガネの奥から冷たい瞳で私を見ていた。

「なんですか?」

「そこにケーブルが引いてあるんで、足を引っ掛けないよう気をつけてください。」

言われなくても、もう引っ掛けていた。体育館の床を真っ直《す》ぐ走っていた橙色《だいだいいろ》のケーブルが足首にまとわりついて湾曲《わんきょく》している。ケーブルを留めてあったガムテープはしわくちゃになって、私の上ばきの、履きつぶしたかかとの部分に貼りついていた。放送委員はため息をついた。

「しょうがないな、そのまま動かないで。おーいケーブル班、テーピングし直してー。」

ガムテープを持った、やはり放送局の腕章を付けた女子が駆《か》けつけて、私の足元にしゃがんだ。

「どいてどいて。」

私の足を両手で乱暴に引っこ抜き、ガムテープをピッと千切って橙色のケーブルの歪《ゆが》んだ部分に貼り、神経質な手つきでケーブルを修復していく。体育館の床には、何十本というケーブルが血管のように張りめぐらされていた。ケーブルの先は舞台上のマイクやスピーカーとつながっているようだ。他の生徒たちは友達同士で注意し合いながら、ケーブルをまたいで歩いている。誰かとしゃべりながら歩いているよりも一人で黙りこくって歩いていた方が集中力が増すはずなのに、どうしてあの子たちより私の方が不注意なんだろう。しかもうつむいて歩いているのにこんな派手《はで》な色のケーブルに気づかないなんて。私は、見ているようで見ていないのだ。周りのことがテレビのように、ただ流れていくだけの映像として見えている。気がついたら教室から体育館に移動しているし。もちろん廊下を渡ったり階段を降りたりしてここまで来たんだろうけれど、自分の内側ばっかり見ているから、何も覚えていない。学校にいる間は、頭の中でずっと一人でしゃべっているから、外の世界が遠いんだ。

暗い体育館内にみっしりと一年生が集合している。もう大人の身体つきをした男子高校生たちも、あの見慣れた小さい形になって縦に並んでいる。陰惨《いんさん》な、高校生になっても三角座りをさせられるなんて。三角座りの形、大小はさまざまで、でもどれも使いさしの消しゴムみたいに不格好。まっすぐじゃない彼らの列の隙間《すきま》を苦労して歩いていく。

自分のクラスを探していたら、絹代が手を振ってくれた。近づくと、絹代の周りだけ列が少し乱れていて、人が寄り集まるようにして座っている。またグループで固まっているんだ、リーダー的存在である塚本を真ん中にして小さな輪を作っている。

「一緒に上映見よう。ここ入りなよ。」

絹代がお尻を動かして一人分のスペースを空《あ》ける。彼らの輪は視力検査の、Cを裏返したマークみたいになった。絹代の横に座っている吹奏楽部女子も、立ったままの私を見上げて、親しみやすい笑顔でもって迎えようとする。絹代が何かふきこんだんだろう。うちのクラスの長谷川初実っているでしょ、あの子中学の頃友達だったんだけど、まだうちのクラスになじめないみたいで可哀相《かわいそう》だから、うちのグループに入れてあげてもいい?って、こんな感じだろうか。冗談じゃない。

空けられたスペースには座らずに、輪を回避して後ろに続いている列に並ぶと、絹代は、なんでー、と不服げな声を出した。でも私に近寄ってきたりはせずに、輪の中にとどまったままだ。吹奏楽部の女子がわざとらしく絹代の肩を抱き、なぐさめる。絹代は穏やかな大人っぽい表情になり、何やら深く頷いている。寒気がした。毎時間の休みを一緒に過ごし、毎日お弁当を一緒に食べ、共に受験をした友達が、私を、新しくできた友達とより友情を深めるための道具にしている。

アナウンスが入り、体育館の照明が次々と消えていった。

舞台の上から大きいスクリーンが下りてきた。映写機が回り、舞台は白く光り、鮮明なスライド写真がスクリーンに映し出された。遠足の全組の写真が、放送委員の平坦なアナウンスとともに一枚ずつ上映されていく。私の写っている写真はいつまで経《た》っても出てこない、待っていても無駄だ。もしあるとすれば、それは目鼻立ちどころか、性別さえ不明なほど小さく写っている集合写真だけだろう。次々切り替わっていく写真に写っているのは、撮って撮ってーとカメラマンに気軽に言い寄ることのできた、強気そうで派手な子たちばっかり。学校行事は、あくびをかみ殺しながらも毎日真面目に学校へ来ている生徒たちの息抜きのためにあるのではない。遠足の前日に〝明日遠足あるらしいよ？　とりあえず行っとく？〟というようなメールを、深夜のマクドナルドで受け取る彼らのためにあるんだ。でもこの遠足はそれなりに楽しかった。あの頃はまだ絹代がいつも側《そば》にいて、バスでも隣の席に座っていて、ゆっくり寝られた。今のように一人だったら絶対寝られない、寝たふりをするだけで。でも、バスで隣に座っている友達にずっと寝ていられると、どういう気持ちになるんだろうか。ふと目覚めて横を見ると、絹代は通路側に首をねじって、騒いでいる集団をひたむきな瞳で見つめていた。チャンスがあればいつでも飛び込む、という感じに、上半身を座席から乗り出して。

すぐ前では、絹代のグループの男子たちが、グループを盛り上げようとして、スライドに必死に茶々を入れている。つまらないことばっかり言っているけれど、時々、本当に時々なんだけれど、おもしろいことを言ったりもする。でもそんな奇跡が生まれるのと同時に、私の苦しい自分との戦いも始まってしまう。頬杖をついて手のひらでほっぺたと口を歪むほど押さえつけ、眉間《みけん》に力を入れて、仏頂面《ぶっちょうづら》をキープし、何がなんでも噴《ふ》き出《だ》さないように努力をする。高校に入ってからというもの、何度笑いをこらえたことか。笑うってことは、ゆるむっていうことで、そして一人きりでゆるむのには並々ならない勇気がいるものだ。もし周りにびっくりした目で見られたりしたら、たまらない。笑いをこらえている時って、むやみに腹筋がひくついて、切ないんだ。丹田《たんでん》というのかな、あの臍《へそ》の下辺りに力を入れるのがコツなんだけれど、これを数え切れないほど繰り返してきたから、私のお腹には〝笑いこらえ筋〟がついているかもしれない。

彼らの話から気をそらせたくて辺りを見回すと、いつもの後頭部に目が吸い寄せられていく。波打っている寝癖《ねぐせ》。他の男子の寝癖は毛が短いため豚のしっぽみたいにカールしているけれど、彼の髪は伸びすぎているから、ゴムでくくった痕《あと》みたいに波打っている。になな川は列の前方で私よりもスライドに近い位置にいるくせに、全然スクリーンを見ていなかった。三角座りした膝《ひざ》の部分に顔をうずめて、誰よりもコンパクトにまとまっている。彼の丸まった背中、きっと靴跡が似合う。はくぼくのついた運動靴の靴裏の跡、が似合う。

いずれ誰かがつけるかもしれない、学校の暮らしにも慣れ始め、退屈をいじめで紛《まぎ》らわせようとする誰かが。そうしたら私はうらやましくてしようがないだろう。

いつの間にか、スライド上映は終了していた。先生の指示を受けて、生徒たちは一組から順番に、みな一様《いちよう》にだるそうに体育館の外へと出て行く。自分の組が呼ばれ、私も立ち上がって出口まで歩く。生徒でいっぱいの下駄箱前で、窮屈《きゅうくつ》になりながら棚から運動靴を取り出し、ぼんと地面の上に落とすようにして置いた。すると、私の汚れた運動靴の横に、見覚えのある紫の差し色の入ったナイキの靴が置かれた。横を見ると、にな川がいた。彼はすのこの上に座り、上ばきを脱ぎ出した。私も隣に座って上ばきを脱ぎ、靴を履き始める。横を向き、伏し目のにな川に何か声をかけようとしたけれど、なぜか心臓の鼓動が速くなって、何も言えなくなった。にな川が近い、横にいる。靴紐《くつひも》をばらしている骨張って固そうな腕に肘《ひじ》が触れてしまいそうになり、反射的に上半身をくの字にして接触を避けた。首を少し引っ込めて上目遣いで彼の顔を見たけれど、彼の方は心ここにあらずの冷めた表情。私よりも学校で死んでいる人の目、少しぞっとする。靴を履くと、彼は伏し目のまま立ち上がり、後ろから出口を目指してなだれ込んでくる生徒たちに押し出されるようにして体育館から出て行った。

「今のって、にな川だよね。」

背後から突然声をかけられて驚いて振り向くと、興味津々《きょうみしんしん》な顔をした絹代がいた。

「結局、あいつの家には行ったの？」

「うん。」

「えっ、じゃあ告白でもされた？」

さっきあんなにふて腐れた態度をとった私に、またすぐこうやって人なつこく話しかけてくる絹代を、好きだな、と感じる。

「全然。私さ、中学の頃に女のモデルに会ったことがあるんだけどさ、」

「あー、昔言ってたよね。なんかの店で会ったんでしょ？」

「そう。で、にな川はそのモデルのファンだったらしく、どこで会ったか教えてくれって。」

「うん?!　どこで会ったか、って、その昔会った場所に行っても、もちろん、もうその人はいないんでしょ？」

「うん。」

「やだ、相当なオタクだね〜。」

「……うん。」

言わない方がよかったかもしれない。絹代はにな川を馬鹿にしてふれ回るような子じゃないから、そこは心配ないんだけど、オリチャンのことは私とにな川の二人だけのことだったのに。

「絹代はどうなの。」

「何が？」

「あのグループとずっとやってくつもりなの？　あの子たち全員、もう変なあだ名つけられてるでしょ。見た目が個性的だと、あだ名もつけやすいみたいだね。」

どうして私から離れたの？　なんていう、飾らない質問を素直に聞く勇気が出ない。嫌《いや》味《み》なことを言う方が簡単だから、いつもそっちに逃げてしまう。

「あだ名のことは言わないで。みんな、気にしてるんだから。」

「かばうね。」

「仲間だもん。」

仲間という言葉はわさびみたいに鼻にツンときた。ツンを吹き出すように、鼻を鳴らして笑った。

「私は中学でもうこりごり。仲間とかは。」

「極端すぎるんだよ、ハツは。グループと深く関わらなくても、とりあえず一緒にいればいいいじゃない。」

「それすら、できないんだよね。中学での我慢が、たまりにたまって一気に爆発した結果かな。」

「我慢、って言っちゃうんだ、私らの時間を。」

絹代がさびしげに呟いたので、慌《あわ》ててつけ加えた。

「絹代は笑ったり話盛り上げたりして、しゃべってくれてたから、私は何も我慢なんかしてなかったよ。でも同じグループの他の子、よっちゃんとか安田さんとかはさ、いつも押し黙ってて、眠そうに人の話を聞くばっかりだったでしょ、あれはきつかった。」

話のネタのために毎日を生きているみたいだった。とにかく〝しーん〟が怖くて、ボートに浸水してくる冷たい沈黙の水を、つまらない日常の報告で埋めるのに死に物狂いだった。指のここ怪我した、昨日見たテレビおもしろかった、朝に金魚死んだ。一日あったことを全部話しても足りず、沈黙の水はまたじわじわと染《し》みてくる。

「ハツはいつも一気にしゃべるでしょ、それも聞いてる人間が聞き役に回ることしかできないような、自分の話ばかりを。そしたら聞いてる方は相槌《あいづち》しか打てないでしょ。一方的にしゃべるのをやめて、会話をしたら、沈黙なんてこないよ。もしきてもそれは自然な沈黙だから、全然焦《あせ》らないし。」

絹代は諭《さと》すように語る。人間とのコミュニケーションの仕方を同い年の友達から習うというのは、それこそ耳をふさぎたくなるほど恥ずかしい。

「もういい。」脱いだ上ばきをつかみ、体育館の出口に早足で向かった。

絹代や他のクラスメイトたちが帰ってくる教室にはいたくなくて、そのまま部室に直行する。今日は思いきり走りたい。制服を脱ぎ体操服に着替え終わった頃に、他の部員たちも部室に来て着替え始め、狭い部室はいきなり彼女らのおしゃべりで騒がしくなった。彼女らが着替え終わるのを部室の椅子に座って、机に頬杖をついて待つ。別に全員が着替え終わるのを待たなきゃいけないっていう規則はないから、運動場に出ようと思えばいつでも出られる。でもロッカーのすぐ側にドアがあるから、出て行くには着替えている部員たちにいったん、どいてもらわなくちゃいけない。

「どいて」って言いたくない。できれば、部室のドアを一番に開ける役目も避けたい。万《ばん》物《ぶつ》を動かしたくないんだ。でもこんなふうに存在を消すために努力しているくせに、存在が完全に消えてしまっているのを確認するのは怖い。

前髪をいじったり、むやみにあくびをしたりしながら、上半身ブラジャー一丁でおしゃべりを続けるばかりで一向に着替えの進まない彼女たちを眺めた。部員みんな、特に先輩たちは、派手で大きなブラジャーをつけている。生地が分厚く、かっちりとワイヤーが入っていて、脱いで置いてもそのままの形で立ちそう。色こそ白かピンクだけど、ブラジャー一面に数え切れないほどの小花が咲き誇っている。

「夏休みの遊びの予定決めよう。」

着替えを終えた一年部員たちが、それぞれスケジュール帳を手に持って、私の近くにがたがたと座り始めた。途端に窮屈になり、早々と立ち退《たちの》きたい気分になる。でもいきなり立ってみんながこっちを見たりするのが嫌だから、頬杖をついている肘をますます固くして、座ったままでいた。

部員たちは口々に遊びの提案を出し、ディズニーの分厚いアドレス帳の予定欄を、色とりどりのペンで埋めていく。充実した夏休みを送るためには、期末テストが終わったばかりのこの時期から、動き始めなくてはいけないのだ。この前のミーティングで、夏休み中の部活練習は週に一回だけということに決まったから、私たちの夏休みはたっぷりすぎるほどある。これほど少ない練習日程の運動部は、どこを探してもないだろう。部員たちが先生を巧《たく》みに丸め込んだ成果だ。

「八月の後半はどうする?」

「どうしよう……プール行く?」

「えー、七月に行くじゃん。そんな何回もプール行くほどお金ないよ。」

「じゃあどうすんのさ、文句ばっかり言ってないであんたが何か提案してよ。」

みんなの顔には絶望感さえ浮かんでいる。遊園地、プール、フリーマーケット、合コン、思いつくかぎりの遊びを放り込んでも、夏休みの四〇コマはまだまだ埋まらない。遊びの予定を立てるために、あくせくしなきゃいけないなんて不毛だけれど、この努力を怠《おこた》ると、夏休みが重くのしかかってくることになる。暇すぎるせいで夏休みが苦痛に変わるあのやるせない気持ちを、みんな味わいたくないんだ。

ずっとブラジャーをさらしていた先輩が、ようやく体操服をはおった。それでもまだブラジャーは自己主張を続けていて、小花の刺繍《ししゅう》部分が透《す》けてがたがたしていた。十円玉の上に紙を敷いて上から鉛筆で塗りつぶせば十円玉の模様が浮かび上がるけれど、彼女の体操服の胸の部分も、鉛筆で塗りつぶせばブラジャーの複雑な花の刺繍が浮かび上がりそう。ブラジャーの先輩が私の視線に気づいて、怪訝《けげん》な表情になったので、部の予定が書かれたカレンダーを眺めるふりをした。

「ハツも一回ぐらい一緒に遊ばない？」

いきなり肩を叩かれた。見ると、机を囲んで座っている全員が私に視線を注いでいる。私まで誘ってくるなんて、よっぽどだな。にしても、突然話しかけられると、ちょっと焦る。顔がかっと熱くなって、咄嗟《とっさ》に言葉が出ない。詰まったままでいると、部員の一人が高い声を上げた。

「そうだ、じゃあ小学生の頃にしたみたいにして、みんなで遊ぼうよ。地元で男の子みたいに元気いっぱい遊ぶんだ。自転車乗り回したり、私んちでスイカ食べたりしよっ。」
「それいいね、癒《い》やされるかもー。」みんな一斉《いっせい》に私から提案した子に視線を移し、口々に歓声を上げた。テンションがにわかに上がったみんなは口々にしゃべりだし、私はうまく口を挟《はさ》めない。縄跳びの8の字でうまく縄の中に入れないみたいに、口を開いたり閉じたりしているうちに、みんなは計画に夢中になり、私を誘ったことを忘れてしまった。私も誘われたことを忘れたふりして、またカレンダーを眺めた。

私は夏休みを一コマも埋めていない。まっさらのまま横たわる夏休みに、漠然とした不安はある。どこまでも続く暇の砂漠に、私は耐えられるんだろうか。

運動場で部活の練習が始まってすぐに、大粒の雨がばたばたと降り始めた。部活の練習は中止され、部員たちは体育館の屋根下に避難した。屋根下はひんやりしていて、濡れた背中にブラジャーの線が透けているみんなは、タオルで身体を拭《ふ》きながら、地面に叩きつけられる雨音の大きさに圧倒されて、無言だった。しかし煙《けむ》ったような雨の中、運動場からこっちに向かって歩いてくる先生を発見した途端に、活気づいた。

「先生の頭、溶けてる！」

トレードマークである天然パーマが、雨に濡れておでこに貼りついている。指差して笑われると先生は早速とぼけた表情をして、驚いたように目をしぱしぱさせた。器用になったものだ、本当はああいう人じゃないくせに。次に部員たちが言い出すことは分かってる、先生だってきっと分かっている。

「ねー先生、もう雨だから部活中止にしましょうよー。」

見慣れた一部始終。でも先生が光化学スモッグ警報を隠した日以来、こういうのを見るのが前より苦痛になっている。マットの上に座っている私の横に、先輩が腰を下ろした。

「この雨じゃいくらなんでも練習できないね。せっかく着替えたのにもったいないな。」

「これ、夕立でしょう。もうすぐ止《や》むと思いますよ。」

「うん、私も気づいてた。だから今、おねだり部隊に〝急げ！〟っていうサイン出したの。雨が止む前に先生を説得できるかが勝負だよね。」

先輩は楽しそうな瞳で、先生を取り囲んでいる部員たちを見ている。暇だから話しかけてるのか、本当の親切で話しかけてくれているのかどうか、分からない。

「疲れたなら、帰ってもいいよ?」私が何も言わないでいると、先輩は言った。

「いえ、後片付けします。雨にハードルをさらしていると、錆《さ》びるし。」

「〝こんな雨の中で片付けしたくない〟って女子部員全員で言ったら、きっとやらなくて済むよ。大丈夫、先生は物分かりいいから。」

先生は物分かりいいから。運動場を整備し忘れても、体育倉庫の鍵を閉め忘れても、部活の後みんなで酒を飲んでも、こればっかり。軽蔑《けいべつ》するような響きはまったくない。だからこそ、頭に白髪の混じった大人が、物分かりいい、なんて言われているのを聞くと、やるせない。長く生きる意味ってあるのかと思ってしまう。

「陸上部もいい雰囲気になったよ。去年の顧問はやたらスパルタで、記録の数字しか見てないような奴だったから、やめてく新入部員も多かった。今年は先生ともみんな仲良しで、部活楽しー。」

「先生は飼い慣らされてるだけじゃないですか。」

吐き捨てるように言ってから、しまった、と思った。空気が不穏《ふおん》に震え、肌寒くなる。

先輩は前を向いたまま、低い声で吐き捨てた。

「あんたの目、いつも鋭そうに光ってるのに、本当は何も見えてないんだね。一つだけ言っておく。私たちは先生を、好きだよ。あんたより、ずっと。」

私は何も分かっていないのかもしれない。もしかしたら陸上部員たちと先生の間には、嘘じゃない絆《きずな》もあるのかもしれない。なんて。そんなのあるわけない。さっきの先輩の言葉はただの虚勢だ。いつまでたっても先輩たちのやり方に染まらず冷ややかな目で彼女たちを見ている私を脅威《きょうい》に感じていて、そのせいで出た虚勢だ。

結局、部員たちの説得が終わらないうちに雨は止んだ。練習は再開され、二人ずつ走って競う百メートルダッシュが始まった。順番が回ってきて、先生の笛の合図で、全速力で走り出す。雨で軟らかくなった土を蹴り上げて走り、コーンを曲がるところで、ちょっと滑り、取り戻すために腿《もも》を上げて走ると、足が力んで重くなってしまい、さらにスピードが落ちる。ペアの子の揺れるポニーテールは遠ざかっていく。ゴールした後、私は息が荒いままで、ペアの子の肩を叩き、にっこり笑いかける。

「速いねえ。いいなあ、悔しいなあ。」

勝負が終わった後のさわやかな笑顔。全然悔しくなさそうに悔しいと言う。こうやってお互いをおだて合いっこすれば、仲良くはなれなくても、うまいことやっていけるんだろう。でもポニーテールの部員は、当惑したような笑顔のまま、すらっと私のそばを離れた。

「おい、自分に勝った奴をあんまり誉《ほ》めると、負けぐせがつくぞ。」

先生が声を飛ばした。

「練習の時にも悔しいと思う気持ちを持つことが大切だ。じゃないと本番でも馴《な》れ合《あ》ってしまう。練習で闘志を剝《む》き出《だ》しにするやり方を覚えるんだ。」

先生はくそ真面目な顔で、一生懸命に言う。日頃ぼけていて、一瞬正気に戻ったおじいちゃんを見ているような気持ちになる。

「長谷川は練習を頑張るから、これから伸びるはずだ。」

力強く言われて、不覚にもじんときた。先生から目をそらしながら、泣きそうになる。

やっぱり先生は嫌いだ。

認めてほしい。許してほしい。櫛《くし》にからまった髪の毛を一本一本取り除くように、私の心にからみつく黒い筋を指でつまみ取ってごみ箱に捨ててほしい。

人にしてほしいことばっかりなんだ。人にやってあげたいことなんか、何一つ思い浮かばないくせに。

にな川がもう四日ほど学校に来ていない。教壇の真ん前にある彼の席が空《あ》きなのが目立つ。クラスの派手な女子が彼の机に足を載せて、夏休みを待たずしてうちのクラスから登校拒否児が出たぞ！と笑った。休み時間にめずらしく絹代が話しかけてきたけれど、話題は彼のことだった。

「なんで学校来なくなっちゃったんだろうね。ハツの所に、にな川からなんか連絡きたりしてる？」

「ううん、何も。」

絹代のグループの他の子たちも、興味津々《きょうみしんしん》の顔をして寄ってくる。この人たちは何かと私を囲んで話をしようとする。きっと絹代や彼らの〝良心〟からだろう。でも彼らには薄い膜《まく》が張られている。笑顔や絡《から》まる視線などでちょっとずつ張られていく膜だ。膜は薄くて透けているのにゴム製で、私が恐る恐る手を伸ばすと、やさしい弾力で押し返す。多分無意識のうちに。そしてそんなふうに押し返された後の方が、私は誰ともしゃべらなかった時よりも、より完璧《かんぺき》に独りになる。

「うちのクラス、休む子ほとんどいないから、目立つんだよね。だから登校拒否とか言われちゃうんでしょうね。」吹奏楽部女子が同情的に言う。

違う、休む人が少ないとかは関係なく、みんながにな川が登校拒否してもおかしくない、と思っているから、そんな噂《うわさ》をするんだ。そして彼がまた何事もなく登校してきた時に教室に広がる、軽い失望。リアルに想像できた。私だって、休んだら絶対同じような反応をされる。

「普通に風邪じゃないの?」絹代が言う。

「ええ?! この暑い時期に風邪なんか引かねーよ。登校拒否の方が確率高いんじゃない? あいつ友達いないからなあ。おれだったら耐えられないよ、学校来ても誰とも話さないとかさ、」

「唾本《つばもと》うるさい。」反射的に言葉が出て、その鋭さに自分で驚いた。クラスの派手な子たちからしゃべる時に唾が飛ぶから〝唾本〟と呼ばれている塚本は、目を見開いて黙る。絹代の顔色が変わった。グループの他の子たちの目つきも。その瞬間、絹代たちがみんな同じ顔に見えて、背筋が寒くなった。私を、「外」のものを見る目つきで見ている。

でも塚本本人は呑気《のんき》に笑って、

「だな。また唾飛ばしちゃってるよ、おれ。」

と言って、他の話をし始めた。絹代は私を複雑な表情で一瞥《いちべつ》した後、くるりと向き直って彼女のグループの話に入っていった。途端、直《じか》にさびしさに触れた。その清水のような新鮮な冷たさに身震いがした。

生まれて初めての「お見舞い」をすることにした。になな川の家に行く道はもう覚えていた。彼と一緒に歩いていた時は気づかなかったけれど、この地域では、リフォームや新築が流行《はや》っているのか、工事中の家が多い。分譲中!!の赤い旗がはためいている新築の家の白い壁が、日光を照り返して眩《まぶ》しい。大きな工事の音がすると思ったら、マンションも建設中だった。前を通ると、マンションを取り囲んでいる防音フェンスの前面に、赤レンガに絡まった蔦《つた》の絵が描かれているフィルムが貼《は》られている。そのフィルムは町の外観を損《そこ》なわぬように、との配慮で貼られたのかもしれないけど、蔦が嘘っぽい緑色で、まるで逆効果だ。にな川の家の両隣も新築で、灰色の細長いしゃれた家に挟《はさ》まれた青い瓦屋根《かわらやね》の彼の家は、誰も使わないのになぜかうちの棚にずっと置かれている、古い手動の鉛筆削り器に似ていた。お父さんが子供の頃に使っていたという、昔のアニメのシールがたくさん貼られた青い鉛筆削り器に。

呼び鈴を押すと、しばらくしてから玄関の引き戸が開けられ、中からおばさんが顔を覗かせた。

「智《さとし》のお友達？」

「はい。お見舞いに来たんですけど……。」

にな川のお母さんと思われるおばさんは、化粧っ気のない、ちょっと浅黒い肌をした人だった。にな川と違って明るい表情、愛想のいい笑顔をしている。

「あらあら、ありがとう。あがってちょうだい。高校のお友達？」

「はい。」

おばさんの後ろでは、今までにな川が開けたことのなかった襖《ふすま》が開いていて、その先には、陽のさんさんと当たっている、こぢんまりとした居間がぽっかりとあった。大きいテレビはつけっ放しになっていて、昼番組の笑い声を響かせており、冬はこたつとして使われていそうな座卓の上には、湯呑《ゆの》みと洗濯ばさみで留められたお菓子の袋が置いてある。座椅子には太った猫がいて、私を見ても驚かず、のほほんと赤いタータンチェックの座布《ざぶ》団《とん》の上に寝そべっている。この家の本来の姿を、初めて見た気がした。古くてどことなく陰気な家ではない、昔なつかし、といったほのぼのした言葉の似合う家だったのだ。

「きっと智も喜ぶと思うわ。今あの子、二階の部屋にいるから、一緒に行きましょ。この家の造りは複雑でね、簡単に二階には行けないのよ。」

「一人で大丈夫です。」

おばさんは笑顔をやめて、私の顔を見た。

「そうか。あんた、この前うちに来てた人だね。」

「はい。」

口の両端にくっきりした皺《しわ》のあるおばさんは、真面目な顔になるとなんだか迫力があり、たじたじとしてしまう。

「ねえ、今度来る時は、今日みたいに、一言私に声かけてね。知らないうちに知らない人が出入りするのは、あんただって嫌でしょう。」

一瞬つまった後、どーもすみませんでした、とだけ言った。おばさんの言っていることは正しい。でも叱《しか》られ慣れていない私はなかなか素直に反省できない。だって私はにな川のやり方に従っただけで、この家はこういう家なんだと思っていただけなのに。

階段を一人で上がって、二階の襖を開けると、にな川は相変わらず薄暗い部屋の中央で、布団の上に新聞を広げて、うつぶせになって読んでいた。

「えっ、長谷川さん?! なんで来たの?!」

「お見舞いに来たの。」

「見舞い? たかが風邪で? すげーな、ありがとう。」

お風呂に入っていないような（実際風邪だから入ってないんだろうけど）、すすけた顔で洟《はな》をすすっているにな川を見て、気が抜けた。

「クラスの子たちが登校拒否って噂してたから、本当なのかな、と思って。」

「そんな、まだ四日しか休んでないのに。ただの風邪だよ。チケットぴあに徹夜で並んだせいだ。」

になな川は半身を起こした。いつかベランダに干していた、細い灰色の縞《しま》が入っている、からし色のパジャマを着ていた。

「それ何？」

「お見舞いの、桃。」

田舎から送られてきたものでもなく、果物屋でわざわざ買ったものでもない、うちの冷蔵庫から盗んできた桃の二個入りパックを、畳の上に置いた。

「ここの部屋に包丁ってある？」

「ない。でもかなり熟してるから、これなら手で剝《む》けそうだ。」

にな川が冷蔵庫を開けると、がらんとした冷蔵庫内を埋めるかのように、一番下の段に食器が積み重ねられていた。

「今フォークないや。」と言って、二枚の皿と箸《はし》を取り出した。ミネラルウォーターを取ると、慎重に傾けて一筋ずつ水を流して手をすすいだ後、にな川は新聞紙の上で、手で桃の皮を剝き始めた。

「この新聞、読めなくなっちゃうよ。」

桃の汁で汚れていく新聞はスポーツ新聞で、紙面には、けばけばしい青色の見出し文字で〝〇〇離婚〟、その下にとても小さい文字で〝へ〟、と書いてある。

「これは読んでないから、いいんだ。」

になな川が濡《ぬ》れた手で新聞を畳むと、その下からはおなじみのファッション誌が出てきた。三冊とも、全部オリチャンのページが開かれている。

「階段上がってくる音が聞こえたから、てっきり母さんが入ってくるんだと思って。これ読んでるの見られると、気持ち悪がられるんだ。」

「私、さっきおばさんに怒られたよ。家来る時は挨拶くらいしろって。」

「母さん、気づいてたの？　何も言わないから気づいてないのかと思ってた。」

自分の子より、他人の子の方が叱りやすいんだろうか。

「おれの親、もう、おっかなびっくりなんだ。おれみたいな内にこもる人種に接したことないから。」

親ともうまくいっていないなんて、笑える。不良とはまた違うタイプの最低さだ。まだ私の方がまし、私は親とは普通に話すし、絹代もいるし……。いや、絹代はまだ〝いる〟って言えるんだろうか。

枕の傍《かたわ》らに置いてあるお茶の入ったグラスに妙な物を発見した。

「氷の中にアオムシ入ってる。」

「違うよ、それはハーブ。凍ったら縮んだんだ。これの通りやったんだけどなー、見本の写真みたいにはならなかった。」

広げられた雑誌には〝オリチャンレシピ・ハーブ氷の作り方〟とあった。横にはエプロン姿のオリチャンの写真、おなじみの笑顔でこっちを見ている。

雑誌を熱心に見ているにな川の口から、しゃぶりかけの飴《あめ》が、くたっとしたタオルケットの上に落ちた。

「ん、飴が。」

にな川の指が飴をつまみ上げる。べとついたオレンジ色の三角飴には、タオルケットの毛が汚くからみついている。心がかすかになっていくような急激なむなしさにおそわれた。

「オリチャンオリチャンって、しじゅう言ってるのは。」

靴から財布を出し、大切に保管していたつぎはぎ写真を、畳の上に置いた。にな川は顔を近づけ写真を凝視し、次の瞬間、ぱっと顔を輝かせた。

「失くしたと思ってたのに。ちゃっちいけど、なんかそそるとこがあって気に入ってんだ、これ。」

ちぐはぐな反応。こんな物を見られて恥ずかしがりもしない、盗《と》った私を怒りもしない。ファンシーケースまで這《は》っていき、洟をすすりながらつぎはぎ写真を慎重にスクラップブックに挟む彼を見て、ぞっとした。まるで私なんか存在しないみたいに、夢中になって写真を眺めて、もうこっちの世界からいなくなっている。こんなことを繰り返していたら、いつかこっちに戻ってこられなくなるんじゃないか。思わず彼の腕を摑《つか》んだ。

「にな川、オリチャン以外のことについて話そう。」

「へ、例えばどんな?」

「何が?」

「気持ち悪いよ。」

「なんだろう、でも、なんでもいいから。」

「……おもしろいテレビとか？」

「……あー、でも私、この頃は朝学校に行く前のニュースしか見てないから、それは。ちょっと。」

「じゃ、好きな朝のニュース番組についてでも話す？」

「ええ？　おもしろいかな、それ。」

「じゃあやめよう。」

二人で黙々と、話すことを考えた。私はすぐに一つ思いついたけれど、なかなか言い出せなくて、皿の上にまるまる一個載っている桃を箸でいじった。桃は熟々で、箸に少し力を込めただけで二つに割れ、白い果汁が皿の上を流れる。

「クラスの人たちどう思う？」桃を黒塗りの箸で細かく割りながら、でも一口も食べずに、何気なく言ってみた。

「レベル低くない？」

にな川は私を見つめたまま一瞬止まったが、やがてすべて了解したというふうに頷《うなず》き、

「ああそういえば、長谷川さんも、生物の班決めの時に取り残されてたもんな。」

〝とり残されてた〟という響きが胸にぐんと迫ってきて、慌《あわ》てた。友達とかに無頓着《むとんちゃく》で、というかオリチャン以外の現実に無頓着だから、絶望的な言葉をさらっと口にすることができるんだ。

「そうじゃなくて、なんていうの、私って、あんまりクラスメイトとしゃべらないけれど、それは〝人見知りをしてる〟んじゃなくて、〝人を選んでる〟んだよね。」

「うんうん。」

「で、私、人間の趣味いい方だから、幼稚な人としゃべるのはつらい。」

「〝人間の趣味がいい〟って、最高に悪趣味じゃない?」

鼻声で屈託《くったく》なく言われて、むっとなる。

「でもおれ分かるな、そういうの。というか、そういうことを言ってしまう気持ちが分かる。ような気がする。」

同意は同意でも、私の求めていたものとは違う。けれど、彼の言葉に不思議に心が落ち着いた。小さい桃のかけらを口に含むと、生ぬるい、舌を包み込むような甘さが口に広がった。

「痛。」桃を食べたにな川が、顔をしかめた。

「どうしたの。」

「桃の汁が唇に染《し》みる。乾燥している唇の皮を剝いたんだった。」

鼻がつまって口呼吸をしているせいか、にな川の唇は乾燥してひび割れていた。さぞかし、染みるんだろう。唇に親指をあてて眉をしかめている彼を見ていたら、反射的に口から言葉がこぼれた。

「うそ、やった。さわりたいなめたい、」ひとりでに身体が動き、半開きの彼の唇のかさついている所を、てろっと舐《な》めた。血の味がする。

にな川がさっと顔を引いた。

「痛い。何?　今の。」

怪訝《けげん》な表情をして、親指で唇を拭《ふ》く。さらにパジャマの袖《そで》でも拭いている。その動作を見ているうちに、やっと自分のしたことが飲み込めてきた。顔は強張《こわば》り、全身の血がさーっと下がっていく。どんな言い訳も思いつかない。

「長谷川さんの考えてることって全然分からないけど、時々おれを見る目つきがおかしくなるな。今もそうだったけど。」

「へっ?」

「おれのことケイベツしてる目になる。おれがオリチャンのラジオ聴いてた時とか、体育館で隣で靴履いてた時とか、ちょっと触れられるのもイヤっていう感じの、冷たいケイベツの目つきでこっち見てる。」

違う、ケイベツじゃない、もっと熱いかたまりが胸につかえて息苦しくなって、私はそういう目になるんだ。というか、にな川って、目がどうとか、私のこと見ていたなんて。私の向こうのオリチャンしか見ていないと思ってたのに。

「でも別に嫌じゃないよ。あっ、それよりオリチャンのライヴに一緒に行かないか。チケット代出すから。」

いきなり思い出したように言う。この目の前の男の子が、何を考えているのかよく分からない。

「チケット四枚も買ってしまって、余ってるんだ。興味なかったら、いいけど。」

「日にちが合ったら行く。」

「来週の土曜の夕方。」思いっきり部活のある日だったけど、頷いた。

「来る？　そしたらチケット全部で四枚あるから、友達を二人まで誘っていいよ。」

「誘わないよ。有名でもないモデルのイベントに、誰が行きたがるっていうの。」

「でもチケット二枚も余るのもったいないなあ。」

「にな川が自分の知り合いを一人呼べばいいんじゃないの。」

「当てがないよ。」

「一人も？」

「一人は、いる。君。」集人力低すぎる。私以下だ。

「しょうがないな。じゃあ私の友達の、小倉《おぐら》絹代を呼ぶ。それでいいでしょ。」

「うん。でも、それでもチケット一枚余るんだよな……。しょうがない、もったいないけど売るしかないかな……。」

しつこく呟《つぶや》き続けているが、無視するしかない。私だって絹代しか当てはないのだ。

「そもそもなんでチケットを四枚も買っちゃうの。」

「お一人様四枚まで買えたんだ。チケットぴあに朝の四時から並んでさ、一枚だけ買って帰るのはもったいなくてさ。」貧乏性なのか何なのか分からない。

「そのせいで風邪を引いちゃったんでしょ。初めてのライヴだからって、はしゃぎすぎだよ。」

「そうかも。それになぜか、今から緊張してるし。」

やっぱり、いつの間にかオリチャンの話をしている。お互いの唇が触れたことはなかったことにされている。というか、自然に消え去ってしまった。クッションを指で押しても、柔らかな弾力で、すぐにへこみが消え失せ、また元のなだらかな表面に戻るように、自然に。

「生のオリチャンに幻滅してしまうことを恐れてるとか、まさかそんなんじゃないんだけど、なんでか、楽しみより緊張の方が大きいんだ。」

オリチャンのことを話す時のにな川は、普段の虚《うつ》ろな感じがなく真剣で、そして自分自身に言い聞かせるようにしゃべる。初めて生のオリチャンと向かい合う彼は、どんな顔をするんだろう。

にな川の家から戻ると、すぐに絹代に電話をかけた。横に椅子があったけれど、座る気になれなかった。

「もしもし小倉です。」

「絹代?」

「ハツ? どうしたの、ひさしぶりー。」

本当に久しぶりという感じがした。

「あのさ、この前塚本に唾本って言っちゃってごめん。」

電話の向こうが一瞬静まりかえる。

「ハツが謝《あやま》ってる〜。レアだ〜。いいよいいよ、気にしなくても。〝唾本うるさい〟っていうの、今うちらの中で流行ってるよ。」

「そう。でさ、来週土曜に、にな川の好きなあのモデルのライヴがあるらしくて、そのチケットが余ってるらしいんだけど、にな川と私と絹代の三人で行かない?」

自分の、畳みかけるようなせかせかした口調が気に食わない。これじゃまるでライヴについてきてほしいから謝ったみたい。

「うわ、すごい、予想だにしない企画。ちょっと待って、スケジュール帳持ってくる。」

遠ざかっていく足音で、中学の頃に何度か訪れたことのある絹代の家を思い出す。電話が置いてあるのはキッチンの横。誰かが食器を洗っているのか、遠くで聞こえる水音。私は相当緊張していた。絹代が電話口に戻ってきた時に緊張はピークに達した。女友達を他愛《たわい》ない遊びに誘うのに、なんでこんなに緊張するんだろうか。

「よかった。行ける。」という返事が、情けないくらい嬉《うれ》しかった。


土曜日、待ち合わせ場所の駅のホームで目に飛び込んできたのは、しゃがみこんでいる生気《せいき》のないにな川と、すがるような目をして私を見た絹代だった。

「ハツ、来るの遅いよ！　にな川が〝このままじゃライヴに間に合わないかもしれない〟って苛立《いらだ》ってて、すごい怖かったんだよ。」

時計をつけてないから詳しくは分からないけど、三〇分以上は遅れてしまっていた。汚いホームに座り込んだままのにな川は、私が近くに来ても、目線さえ上げようとしない。

「気にしなくていいよ。別におれ、苛ついてなんかないし。」

「苛ついてたよ！　駅せわしなく歩いたり、きっぷ嚙《か》んだりしてたじゃん。ねえハツ、になな川、さっきまでずっと一点見据えてきっぷがじがじ嚙んでたんだよ。」

「きっぷ嚙むの、癖《くせ》なんだ。なんてな。」にな川がどうしようもなく暗い笑いを吐《は》く。絹代はため息をつき、私の耳元で小声で言った。

「ハツはどうだか知らないけど、私はにな川と全然面識ないんだからね。いきなり二人でずっと待たされて、どうしようかと思った。」

「ごめん。服を選んでたら時間がなくなって。」

「で、それが厳選してきた服装？」

絹代はだんだん不自然さの消えてきた、でもやっぱり目蓋の白すぎる目で私を見て、顔をしかめた。

「そう。」

「……虫取《むしと》り網《あみ》が似合いそう。」

Gパンを短く切ったやつに、あずき色と茶色の太い横縞《よこじま》が入っている、袖口の大きすぎるラガーシャツ。Gパンの後ろポケットに財布をつっこんで手ぶらだった。普段は制服で、服を買い替える必要がなかったから、パジャマ予備軍のような、生地がもろもろになっている服しかなかった。足元の貧相《ひんそう》さが、とどめを刺している。足指の黒い跡がくっきりとついた黄色のビーサン。あの古ぼけたスニーカーよりはましだと思ってつっかけてきたけれど、こうやって陽の当たる所で見ると、なかなかいい勝負、むしろ勝ってるんじゃないだろうか。それに、家にいた時には気づかなかったけれど、陽の当たるホームにいると、体操服の日焼けの跡がずれているのが丸分かりで、ラガーシャツの白いボタンを、暑いのに一番上までとめなくてはいけなかった。絹代の格好《かっこう》は中学の頃と変わらずGパンにTシャツだったけれど、でもよく見ると、Tシャツにはさりげなくブランドのロゴが入っているし、Gパンも細身の七分丈《しちぶたけ》で足首が見えてて可愛《かわい》いし、靴は学校には履いてきていない新品同然で、中学の頃より細部がおしゃれになってきている。知らないうちにピアスまで開けている。私と絹代が並ぶとお姉ちゃんと弟みたい、ちょっとずつ、絹代の隣から離れる。になな川はというと、英字新聞の柄《がら》の開襟《かいきん》シャツを着ていた。駅の風景と同化してしまいそうな、英字だらけの灰色のシャツ。糊《のり》の利《き》いた、先の尖った襟《えり》が、なんだか痛々しい。

暑くて埃《ほこり》っぽい風を引き連れて、急行の電車がホームに滑《すべ》り込《こ》んできた。三人で電車に乗り込む。座席同士が向かい合っている席を見つけ、絹代と私が並んで座り、にな川が向かいの席に座った。

私と絹代はチケットを手渡された。Oli-Chang First Live Tour. と書いてある。

「このチケット、3500円もするんだ！　私出すよ。」

チケットをよく見たら確かに値段が記されていた。バッグの中の財布を探し出した絹代を見て、私は慌てた。

「絹代が行きたいライヴってわけじゃないんだから、払うことないんじゃない？」って、チケット買ったのは私じゃないから私が決めることじゃないけれど、と小さな声でつけ加える。

「いいの。いいの。こういう時のためにバイトしてるんだから。」

初耳《はつみみ》だった。絹代、バイトしてるんだ。私の知らないうちにどんどん活動的になっている。絹代はバッグの中から財布を取り出し、お札《さつ》を数え始めた。

「私は出さないよ。」

重々しく宣言した。むしろ、出せない。私はバイトしてないし、というか、バイトをするっていう発想さえ思いつかなかったし。とにかく、ナイロン製のマジックテープをばっと剝《は》がすタイプの私の財布には、三千円しか入っていない。

「でも交通費は出してる。」

つけ加えたら余計せこい感じになってしまって、私は、遅刻はするし、お金はないし、格好はみすぼらしいしで、中学生の頃よりひどくなっているかもしれない。

「金はいいよ。おれが呼んだんだから、もちろん全額おれが出す。」

になのしっかりした口調に、私はほっとした。小銭を数えていた絹代の手も止まる。

「そんなことより、ほら、もう夕焼けが始まってる。ライヴには、もう間に合わないかもしれないな。だとしても別にいいや、まるで縁《えん》がなかったんだろう、おれとオリチャン。」

にな川は窓ガラスに額《ひたい》を押しつけて、流れていく夕陽に染まった景色を絶望的な表情で見つめている。

重苦しい空気、三人でだんまりとして、車窓の夕陽を眺めた。チケットに記されている開場時刻は間近に迫っている。もし間に合わなかったら、遅刻した私はあの正方形の黄ばんだ部屋で、にな川に毎夜呪《のろ》われるかもしれない。

目的の駅に着き、電車から降りたらすぐ走ったけれど、にな川がふやけてぼろぼろになるまできっぷを噛んでしまっていたせいで、きっぷが自動改札を通らず、駅員さんのいる窓口できっぷを確認してもらわなければならなくなりタイムロス。駅を出ると、ライヴハウスの地図を頼りに、ノンストップで見知らぬ夕暮れの街を走った。会社帰りのサラリーマンが驚いた顔で、走る私たち三人を避ける。高いビルが立ち並ぶ舗道に、息を荒げて駆けていく私たちは全然そぐわない。すぱんすぱんと、私のビーサンの鳴る音が広いまっすぐな道路に間抜けに響く。道路には街灯が両脇に等間隔に灯《とも》っていて、走る私の身体の両脇を一つ一つの蜂蜜色の光が、尾を引きながら後ろへ流れていった。大きな橋にさしかかり、スピードをゆるめずに走りながら、橋の下に広がる夕陽を反射してきらきら光っている川を眺めた。途端に場違いな、すがすがしい気分になり、さらに速く走る。身体が風に溶けそう。橋が終わると、いつの間にか私が先頭になっていた。そのまま下り坂を走り降りていくと、高速道路の下に、宇宙基地みたいな奇抜《きばつ》な形の建物があった。あれだ、と地図を持っているにな川が声を上げる。近づくと建物入口のスロープには既に人がごった返していて、いくつもの長い列ができていた。

「よかった、まだ開演してないぞ。並ぼう。」

「私、無理。死ぬ。」絹代はふらふら列から離れて、地面よりちょっと高いだけの石ブロックに崩《くず》れるように座り込み、上を向いて喘《あえ》いだ。

「長谷川さんも休めば。ビーサンで、あんだけ走って、疲れただろ。そこで休んでて。」

列に並んでゆっくり前に流れていきながら、疲れきった顔でになな川が言った。そうだ、私、ビーサン履いてた。そういえば、足指が異常に痛い。見ると、両足とも、親指のちょうどビーサンの緒《お》に当たっていたところの皮がめくれて、グレープフルーツルビーの果粒《かりゅう》のような、ぷちっとした肉が顔を覗かせていた。あまりにも痛そうで、急に身体から力が抜け、絹代の横に座りこんだ。

呼吸が荒いままで、列で流れていく客を眺めた。私たちより少し年上くらいの女の人が大半で、オリチャンがファッションモデルだからか、おしゃれな人が多い気がする。大きいバッグを持っている人はいなくて、ウエストポーチを腰に巻いているだけの人が多い。男は少なく、明らかに彼女に連れられてきた人か、そして妙に切羽《せっぱ》詰まった表情をした単独行動の男ファン、つまり、にな川タイプを本当に時折見かけるくらいだ。

「あいつって、いいところもあるね。女の子休ませてくれるし、チケット代おごってくれるし。」隣で絹代が言う。

「どうしたの、いきなり。」

「んと、だからさ、次のデートは二人きりで行けるんじゃない？」

「デート?!」思いがけない単語だ。

「違うよ絹代、今日はなんていうか、全然デートとかじゃないんだよ。にな川はオリチャンに会いに来てるだけ。」

「そうかなあ。にな川、好きな人に自分のことを知ってもらいたいんじゃないの？」

絹代の言っていることは途方《とほう》もなくずれている。でもそのずれ加減をうまく説明できなくてもどかしい。

何も言えない私を、絹代は照れていると勘違いしたみたいで、ニカッと笑顔になった。どっちかって言えば、こうして絹代と一緒にいる時間の方がデートっぽい気分だ。私は絹代とちゃんと話せるかにどきどきしている。

「ハッとこんな話するのは照れるね、中学の時はしなかったから。」

口は輪ゴムみたいに丸くゆるんで、顔を赤くして笑っている。ちょっと間抜けな感じのする、私の好きな、絹代の照れている時の笑顔。

会場の横にはライヴグッズを売っている屋台が出ていたが、人はまばらだった。オリチャンのポスターやカレンダーの見本が屋台の屋根から見やすいようにぶらさげられている。にな川のファンシーケースに詰め込むのにもってこいの品が、数多く売られていそうだ。

「グッズ買ってくれば？　今度は私が、列に並ぶから。」

立ち上がり歩いていって、にな川に声をかけた。しかし彼より先に、後ろに並んでいた背の高い女二人が私の言葉に反応した。

「グッズ売ってるんだってさ。どうする？」

「えー、どんなの？」

女のうちの一人が伸び上がって屋台の方を見る。

「だっさいTシャツが４５００円で売られてる。」

「ほんとだー、しかもポスター１０００円だよ、あんなペラ一枚でー、オリチャン老《ふ》けて写ってるしぃ。それに何、あのリストバンド。趣味悪くない？」

ＯＬふうの二人は本当にオリチャンのファンなのかと疑ってしまうほどに手厳しく、一コずつグッズをけなしていく。

「……いらない。」いかにも物欲しげに屋台を見つめているくせに、にな川はそう言った。

会場の入口に立っている係の人にチケットの半券をもぎってもらい、荷物チェックを受ける。会場の中に入ろうとしている時に、混雑がピークを迎えた。周りにこんなに人がいると、孤独な間に培《つちか》った自分を守るための垢《あか》がこすれて薄くなってしまい、不穏な気分になる。

焦《あせ》らないで、ゆっくり前へ進んでください、と会場の整理係らしき男の人が拡声器で声を飛ばすけれど、人の密度は増し、後ろからギュッと押されるようになった。ハツ、足の指を踏まれないように気をつけて、という絹代の声で、足指を内側に縮めた。歩みの遅くなった私の手首をにな川が摑み、前へと引っぱる。彼の指は熱くて、私の手首には彼の指の跡がつきそうだ。椅子が並んでいなくて、どこに立って見てもいいみたいで、それが客の士気《しき》を高めた。今まで呑気に並んでいた人たちが少しでもステージの近くへ行こうと、後ろから押し、横から割り込み、他の客を倒す勢いで突進してくる。女の子たちは笑顔でキャーなどと言いながら、信じられない強さで押してくる。にな川も負けじと、私の手首を強く摑んだまま必死になって人ごみを押しのけて進む。肩の高さが違ってしまうほど両方から押しつぶされても、まだ前へ進もうとする彼は、あのよく似合う、迷惑そうな表情になっている。

「痛いの好き?」

痛いの好きだったら、きっと私はもう蹴《け》りたくなくなるだろう。だって蹴っている方も蹴られている方も歓《よろこ》んでいるなんて、なんだか不潔だ。

「大っ嫌いだよ。なんでそんなこと聞くの。」

私の言葉は皮肉だと思われたようで、彼はむっとして私の手首を放し、前へ進む足を止めてしまった。結局私たちはステージから離れた位置にとどまった。背が低めの絹代は私の横で伸び上がったり頭を動かしたりして、なんとか舞台を見られる位置を探していた。天井には黒く塗られたいくつもの太いパイプが剝き出しで這っていて、ねじがゆるんだりして落ちてきそう。会場内全体に煙草《たばこ》の煙みたいなのがたちこめていて、目を凝《こ》らしても視界がクリアにならず、なんだか心許《こころもと》ない。

照明が完全に消え、ざわついていた観客が息をひそめるようにして静かになる。観客みんなが舞台の上を見ているなか、私はにな川を息を呑んで見つめている。彼の顔が白い光に照らされる、舞台のライトが明るくなったのだ。瞬間、彼はまばゆいものを見るように、とても切なげに目を細めた。そして、周りの観客の喜びにあふれた歓声。

オリチャンが舞台にいるんだ。にな川が今、初めて本物のオリチャンを見ている。

予想以上の大音響で音楽が鳴り響き、たちまち音がライヴハウスの空間を埋めた。周りの観客はいっせいに両手を挙げて、身体全体でリズムをとって跳《は》ね始めたので、私は四方八方からしっちゃかめっちゃかに摩擦《まさつ》された。にな川は両手を挙げることもリズムに乗って身体を揺らすこともせず、私と同じように人に押されて体勢を崩しながらも、切羽詰まった表情で、食い入るようにオリチャンを見ている。彼女の歌う歌詞はよく聞き取れないけれど、この曲の明るいアップテンポや他の観客の様子からしても、こんな真剣な顔で聴くような曲ではないことは分かる。絹代はもうすでに順応して、曲も知らないはずなのに、リズムに乗って飛び跳ねていた。首をこっくりこっくり動かしているだけの私は、授業参観に来た母親みたい。周りの真似《まね》をして、手を挙げ、音に合わせて動かすけれど、私の手の動きは、周りの子たちのそれとは明らかに違う。手にみなぎっているパワーが違う。みんなの手は、波うちながら、ステージにぐんぐん向かっていくように動く。突き出した両腕をメロディーに合わせて縦に振ったり、手拍子したりしながらも、手はひたすら光の真ん中にあるものを欲しがっているみたいに動いている。そしてみんなの手以上に、にな川の目はオリチャンを欲しがっていた。自分が消えてしまいそうになるくらい、オリチャンを見つめている。

音楽は二曲で早々と終わり、Gパンのおしゃれな着こなし方講座に移った。そしてやっと、私は舞台の上のオリチャンを見ることができた。やっぱりオリチャンは無印良品で見たあの人だ、笑うとやさしくさがる眉が同じ。でも今はとても遠くに感じる。

「これは今年の春に出た新シルエットのジーンズなんですけれど、ステッチがオレンジなところがカワイイよね。ベルト通しにベルトじゃなくバンダナを通したり、」

彼女は袖に引っ込んでは違うGパンを穿いて出てきて、歓声を受け、モデルっぽくなく子供みたいにはにかみながら一回転したりして、そのGパンのよさをアピールする。このライヴはラジオで生中継されているらしく、舞台の脇に座っている男ＤＪが、オリチャンの話に、そのＧパンは限定モデルなんだよねーなどと相槌《あいづち》を打つが、オリチャンは興奮してあまり彼の話を聞いていない。華やいだ浮かれた声で、自分一人でしゃべり続けている。

そしてまた曲が始まった。舞台の背景にかかっている幕にはファッション雑誌のピンクの巨大なロゴが入っていて、その前でオリチャンは黒いパイプ椅子に内股《うちまた》気味《ぎみ》に座り、気怠《けだる》げなおしゃれな曲を歌った。歌の音程を外したり歌詞を忘れたりする度に、目をつむって苦しげに眉を寄せ、いかにもけなげな表情を浮かべる。観客からがんばれーの声をもらうと歯を見せてニカッと笑って、その笑顔がチアガールみたいな赤と青の鮮やかなＴシャツとよく似合っていた。つたないオリチャンのステージを、にな川は微笑み一つもらさずに見ている。

「今日は来てくれてどうもありがと。私、今回が初めてのライヴなわけですが、アー、気持ちいいね、すごく。みんな熱狂してる？　してるよねー、みんなの汗のにおいがこっちの舞台までファーと流れてきてるもん、フフッ！　あれ、よく見ると、男性のお客さん少ないですね、意外。」オリチャンはくるっとＤＪの人に向き直った。

「応援の手紙とかもらうのは男の人の方が、多いんですよー。」

でもＤＪの人の返事を待たず、また観客側に向き直り、

「男の人、一緒に、ヒエーイ！」

と叫んで元気に跳ねあがった。ほうぼうから野太い歓声が上がって、オリチャンと同じように、男ファンが飛び跳ねる。でもにな川は声も上げないし、ぴくりとも動かない。舞台を睨《にら》むように見ながら奥歯をしっかり噛み合わせている、緊迫《きんぱく》した顎《あご》。そして彼のオリチャンを見る目つき、飢えた目つき。伸び上がって彼の耳もとで、あんたのことなんか、オリチャンはちっとも見てないよ、と囁きたくなる。

「地震が起きたらいいのにな。」

呻《うめ》くようにして呟かれた声を、私は聞き逃《のが》さなかった。オリチャンのＭＣと、合いの手の観客のハイな笑い声の合間をぬって聞こえてくる声に耳を澄ます。

「他の観客の奴らがパニックになって出入口に殺到しても、おれは一人舞台によじ上って、頭上で揺れてる照明器具にびっくりして動けないオリチャンを、助けるんだ。」

でも彼は絶対に地震が起こらないことが分かっている、絶望的な瞳をしている。こんな

にたくさんの人に囲まれた興奮の真ん中で、にな川がさびしい。彼を可哀相《かわいそう》と思う気持ちと同じ速度で、反対側のもう一つの激情に引っぱられていく。にな川の傷ついた顔を見たい。もっとかわいそうになれ。

その時、腕を引っぱられた。絹代だ。私の耳に口を近づけて、

「にな川ばっかり見てないで、ちょっとはステージも見たら?」

あきれたような、明るい声で言う。顔を見ると、笑っている。また何か言った。でも音が大きくて聞こえない、首を振ると、また私の耳に口を近づけて、はっきりと言った。

「ハツは、にな川のことが本当に好きなんだねっ。」

絹代は感動しているようで、照れたように私の肩を勢いよく叩いた。ぞっとした。好き、という言葉と、今自分がにな川に対して抱いている感情との落差にぞっとした。

アンコールの曲がすべて終わって外に出ると、すっかり夜になっていた。今まで同じ箱の中で熱狂していたみんなが、まるきり他人の顔をして颯爽《さっそう》とライヴハウスを去っていく。

「私、あのオリチャンていう人知らなかったけど、けっこう楽しめた。」絹代は後《おく》れ毛《げ》が

はみ出しすぎたポニーテールをくくり直しながら、オリチャンが歌った曲をハミングしている。私はさっきまで途切れず鳴り響いていた数々の曲を、一つも思い出せない。

「みんな駅に向かってるね、この流れに乗って一緒に歩こうよ、お祭りみたいで楽しいじゃん。」

絹代はそう言ったが、大半の人が駅へ続く道に流れていくのに対して、なぜか小走りでライヴハウスの裏側に走っていく人たちが、私たちの前を通った。一組ではなく、いくつかのグループがきゃーきゃー言いながら、裏へと流れていく。

「あの人たち、何なんだろうね。忘れ物でもしたのかな?」

放心気味の私は、なんの返事も返せなくて、その子たちをただ眺めた。

「……違う、忘れ物じゃない。そうだ、あの子たちは楽屋口に行くんだ。楽屋口に行って、オリチャンを出待ちするんだ。」

になが川は呟いたかと思うと、その子たちを追いかけてすごい速さで走り出した。考える間もなく、私の身体は勝手に、彼の背中を追いかける。

「ちょっと、ハツ、」

絹代が叫ぶが、足は止まらない。ライヴハウスの角を曲がり、地面がアスファルトから未舗装の砂地に変わったかと思うと、駐車場みたいなライヴハウスの裏手に出た。既に人だかりができている。にな川と二人で爪先立《つまさきだ》って人垣の中を覗いてみたら、裏口の小さなドアは閉まっていて、まだオリチャンは出てきていないようだった。ドアの両脇には警備員が配置されていて、ものものしい。楽屋口の何メートルか先に、窓ガラスがスモークになっていて中が見えない仕様の車が一台停《と》めてあり、その車までファンたちの列は続いている。ファンたちの前にはロープが張られていて、さらにその内側にコンサートスタッフが送迎係として何人か待機していた。にな川の目は血走っていて、ライヴハウスの閉ざされた裏口のドアを睨んでいる。彼にあるのは目だけ。私にあるのも目だけ。ひたすら見つめるだけのこの行為を、なんと呼べばいいのだろう。

私はオリチャンを見つめているにな川が好きだ。

「早く帰らないと、バスの最終に間に合わなくなるよ。」

追いついた絹代が息を切らしながら言う。

その時ドアが開き、警備員が一歩前へ進んだ。周りのファンたちが、いっせいにカメラの用意をする。一瞬の静寂。建物の中から、ついに、オリチャンが出てきた。ライヴの時みたいに、いやそれ以上の熱狂的な歓声が上がる。無印良品で見た時とは違う、輝きに満ちている。TシャツにGパンの普段着で、髪を風になびかせながら、大股で颯爽と歩いてくる彼女は、やっぱり背が大きい。見ていると思わず安心してしまうような、すくすくとした笑顔。焼きたてのパンみたいな香《こう》ばしい匂いがしそう。ファンの女の子たちが歓声を上げながら、ロープの向こうを歩いてくるオリチャンに、腕を伸ばして花束を放るようにして渡した。オリチャンは大きい花束をまるで赤ちゃんを抱きかかえるように両腕で包み、やさしい笑顔で揺れる花々を覗き込んだ。

いきなり、隣のにな川がオリチャンに引き寄せられるように、ふらふらと歩き出し、オリチャンを囲む人だかりの前に立つと、両手で人垣をかきわけようとした。でもファンはオリチャンに夢中でどこうとはしない。するとにな川は彼の前に立ちふさがっている女の子を強い力で押しのけた。女の子はよろめき、肩から落ちたキャミソールの紐《ひも》を引っぱり上げながら、何すんのよ、と声を荒げる。

「にな川、やめなよ。」

絹代が服の袖を摑んで止めようとしたが振り払い、彼は次第に乱暴になっていく動作で、ファンの人たちを押しのけながら前へ進んでいく。

「ハツ、止めた方がいいよ。」不安げな絹代に、私はぼんやり頷く。そう、彼を止めなければ。でも動けない。自分の膜を初めて破ろうとしている彼はあまりにも遠くて、足がすくむ。

どかされたファンの人たちの怒声を浴びながら、ついに、にな川とオリチャンとの距離は、あと一本のロープだけになった。

しかし、オリチャンは怯《おび》えるどころか、驚きさえしなかった。笑顔のまま、にな川には一瞥もくれずに、でもきっと視界の端では見えているんだろう、他のファンに手を振りつつもゆるやかなカーブを足で描いて、彼のいる箇所を避けて通り、進んでいった。彼女のためだけに用意された花道を。にな川が一歩踏み出すと、すぐに壁ができた。スタッフの壁だ。背中に社名の入ったTシャツを着ている彼らは、プリントの点線部分を鋏《はさみ》で切っていくように、にな川とオリチャンをきれいに、すっぱりと分けた。

「はい、君、ちょっと困るからね。」

にな川が人だかりから引っぱり出されていくその後ろで、オリチャンは用意されていた車に乗り込み、窓からファンたちに手を振り、笑顔のままで去っていった。

「今度出待ちの時にああいう乱暴なことをしたら、今度は警備員さんに連れていってもらうからね。」

スタッフの冷たい声が響く。にな川が冷静に〝対処〟された。スタッフに、そしてオリチャンに。彼は絹代に引っぱられたせいでだらしなくはだけているシャツの襟元もそのままに、がらんどうの目をして放心している。そして私にはそんな彼が、たまらないのだった。もっと叱られればいい、もっとみじめになればいい。


帰りの電車にはなんとか間に合ったけれど、目的地の駅に着いた頃にはバスはもうなかった。私の家も絹代の家も、駅からはとても歩いて帰れる距離じゃない。

「私のバス、もう出てた。ハツは?」違うバス停まで時刻表を確認しに行った絹代が、疲れきった顔で戻ってきた。

「私のも駄目。三〇分も前に最後のが出てる。」

辺りを見渡すと、駅のちょうど裏手にあるこのバス停周辺は真っ暗で、バス停横に時刻表がやっと見えるくらいのぼんやり曇った光を放っている街灯が、一つあるだけ。車は一台も通らない。バス停の後ろは空き地で、人の背よりも高い草が、無数のピンクチラシが乱雑に貼られているフェンスに押さえつけられている。電化製品や壊れたバイクが投げ捨ててある空き地からは、草いきれと糞《ふん》のにおいが漂ってくる。側の電信柱には赤文字で〝チカンに注意！〟と書かれた看板が針金でくくりつけてあった。

「ここで野宿？」

「まさか。家に電話して、車で迎えに来てもらおうよ。うち多分お父さんが帰ってるだろうから、ハツも一緒に乗せていってあげるね。」

にな川は私たち二人のやりとりを聞いているのかいないのか、フェンスにもたれてしゃがんでいる。空き地に捨てられている粗大ゴミの一つみたいだ。

「絹代、ちょっと待って。ねえ、にな川んちってここから歩いて行ける距離だったよね。私たち二人を泊めてくれない？」

にな川の姿を見ていると、ひとりでに口が動いた。彼は髪で半分隠れた顔で、立っている私を見上げる。

「おれんち?」

「そう。」

「こんな遅くに突然お邪魔したら、家の人に悪いんじゃない? にな川も疲れてるみたいだし。帰った方がいいかもよ?」

絹代が戸惑《とまど》ったように囁く。そうかもしれない。けれど、この夜に彼を一人残して帰るのはいけない気がする。

「いいよ、二人とも、うちに来て。行こう。」

にな川は立ち上がり、道を歩き始めた。

「じゃあハツは彼んちに泊まって、私はここでさよならしよっか?」

「なんで?」

「そりゃ……。あっ、でも、ハツ一人で泊まりに行ったら、にな川の両親がびっくりしそうだね。じゃ、いっか、私も行くわ。」

街灯がぽつんぽつんとしかない坂道を三人で進む。靴の裏に貼りつくシールタイプのピンクチラシをはがしたりしながらも、私たちを案内するように自分の家を目指して先を歩くにな川の後ろについていく。


になり川の家の窓はまだ電気が点《つ》いていて、昼間陽の光を浴びている時よりも、明るい感じがした。窓が開いているのか、野球のニュースの声が漏れている。にな川がドアを開けて、三人一緒に中に入ると、暗い玄関はとても狭くなった。

「そうだ、今日はおばさんに挨拶しなきゃ。」両隣のにな川と絹代にぶつからないよう縮こまってビーサンを脱ぎながら、小声で言った。

「別にいいよ、めんどくさいし。静かに廊下歩いて、そのままおれの部屋に行けばいい。」

「ちょっとー、いいわけないでしょ。」

絹代がなんの躊躇《ちゆうちよ》もなく、奥からテレビの聞こえる居間の襖を開けた。おばさんと、後ろ奥にもう一人見えた。絹代はバスがなくなって帰れなくなった、という事情を説明した。にな川のおばさんとおじさんは、絹代の言うことに頷き、笑顔にはならずに、自分の家に電話を入れときなさいよ、とだけ言った。私は襖の隅《すみ》から顔を出しただけで、結局またちゃんとした挨拶はできなかった。にな川は居間を覗くことさえせずに、暗い玄関で絹代と両親の話が終わるのを待っていた。にな川の両親の忠告に従って、絹代と私が家に電話を入れている間に、にな川は家の奥に入っていき、やがて布団をかついで戻ってきた。

細長い廊下を歩き、庭の中のドアが開かれ、突然現われた階段を上がって部屋に入った。私はこの部屋を見慣れているけれど、絹代は、隔離部屋《かくりべや》みたい！と驚いた。にな川がかついできた布団を畳の上に落とすように置いた。

「おれはいつも使ってる布団で寝る。小倉さんと長谷川さんはこの布団の上で寝て。一枚しかなくて悪いけど、二人分敷くスペースないから。」

部屋の畳の上に座って一息ついた。ライヴハウスでたくさんのファンにもまれた私たちは汗まみれで、脂っぽいにおいがしている。

「身体から、いろんな人の汗のにおいがしてる！　あんなに女ばっかりのライヴだったのに、このにおい、男顔負けだよ。早くお風呂に入ろう。」

絹代が自分の腕のにおいを嗅《か》ぎながら言った。

「お風呂まで借りちゃっても、いいものなの？」

「大丈夫、さっきおばさんと話した時に、許可もらったから。じゃ、部屋の主《ぬし》のにな川くんが、一番風呂どうぞ。」

「風呂入るのやめておく。なんか駄目だ。今入ったら、風呂に負ける気がする。」

「その汗のままで、布団に寝転《ねころ》がる気?」

絹代が目を丸くする。

「じゃあベランダで寝る。ごめん。おやすみなさい。」

にな川はよろよろと立ち上がり、部屋に隣接している畳一畳ほどの狭いベランダに出て窓を閉めた。

「どうしよう、私、部屋の持ち主を追い出しちゃったよ。」

「放っておけばいいと思う。参ってるんだよ。」

「まあ、あれだけのことをしたら、参るよね。」楽屋口でのことを思い出しているのか、絹代がため息をつく。

結局お風呂には先に絹代が入り、その次に私がシャワーを借りた。せっかく身体をすすいだのに、また汗じみた下着とTシャツを着たが、気分はいくらかさっぱりした。借りたバスタオルで髪を拭きながら二階の部屋に戻った。

風呂上がりの熱い身体のままで、絹代と二人で布団を敷く。お客様用布団らしく、糊の利いたさらのシーツが布団に挟んであり、それも広げて敷く。にな川も寝る時には部屋に戻ってくるだろうと、ちょっと迷った末、絹代と一緒に押入れの中にあった彼の布団も敷いた。彼の言う通りこの部屋のスペースには布団二枚が限界で、畳は完全に布団に埋め尽くされ、部屋は一変して白の世界になった。清潔そうにまぶしく光っている白いシーツの上に、滑りこむようにして寝転がった。赤ちゃんの産着《うぶぎ》みたいな生地のタオルケットが懐かしくて、顔を埋めると気持ちいい。私の足もとに座った絹代は、化粧が落ちて、中学生の頃の細目に戻っている。

「お腹すいたー。そういえばハツ、私たち晩ごはん食べてないよ。」

「本当だ。じゃあ冷蔵庫開けてみようよ、何かあるかもしれない。」

ミニ冷蔵庫の小さな扉を開けると、お茶と三ツ矢サイダーのペットボトルと、新品のヨーグルトパックが入っていた。冷蔵庫の中では、この前と同じように、食器も一緒に冷やされていた。ヨーグルトとガラス皿二枚と小さいスプーン二つを取り出すと、早速絹代が皿にヨーグルトを山盛りにして、食べ始めた。私はヨーグルトは酸《す》っぱくてあんまり好きじゃない。ヨーグルトパックの蓋に付いていた砂糖を、ガラス皿にさらさらとこぼし、指につけて舐める。

絹代の、ヨーグルトを掬《すく》うスプーンが皿に当たる音だけが響く。久々に二人きりで、絹代と何を話せばいいのか分からない。

「にな川が窓閉めちゃったから、部屋が蒸し暑い。」

絹代は立ち上がってリモコンを取り、クーラーを一番下の温度に設定し、オンにしてから、また腰を下ろした。かびた鰹節《かつおぶし》のにおいのする冷気が布団の上に降りてくる。

「あ、何あの人形たち。コワ～。」

絹代はまた落ち着きなく立ち上がり、箪笥《たんす》の上に置いてある数体のこけしやガラスケースに入った日本人形を、せっせと裏返し始めた。

「なんでそんなことするの?」

「夜中に起きた時に目が合うと嫌じゃない?」

「後ろを向いているこけしや日本人形の方が、振り向きそうでよっぽど怖いよ。」

すべての人形を裏返し終わると、今度は学習机に近寄る。机の上に載っているどうでもいい文房具を、つまみ上げたりしている。絹代も緊張しているのかもしれない。ようやく私の隣に寝転がったかと思うと、また机の方に這うようにして近づいていった。

「あのケース、何かな。おっきいー。」

「あぁ、これは触らないで。」

咄嗟《とっさ》に四つん這《ば》いでファンシーケースの前まで進んで、ケースを守るようにしてへたり込んだ。

「へ、なんで?」自分でも分からない。ただこの箱がなぜか愛《いと》しい。

「いいから、いいから。もう寝よ。」腕を伸ばして電気の紐を引っぱった。部屋は暗くなり、絹代の隣に戻り、寝転んだ。暗闇の中でクーラーの風を送り出す音だけが響く。

「らいばるはあいどる、だね~。」突然絹代が耳もとで冷やかすように言った。

「また変なことをいきなり言う。」

「にな川がオリチャンのところに走っていった時のハツ、ものすごく哀しそうだったよ。」

「そんなことない。」

「そんなことある。」絹代は頑固に言う。私の表情は私の知らないうちに、私の知らない気持ちを映し出しているのかもしれない。

それにしても、ベランダのにな川は、今、どんなことを思っているんだろう。彼の布団はがら空きのままで、一つの布団に絹代と二人で寝ている私には、そのスペースがとても広く見える。

「にな川が怒られちゃったのは哀しかったけど、こんなふうに泊まって話せたりして楽しかったね。あー、今日のこと、早くみんなに話したいなあ。」

暗闇《くらやみ》の中に絹代の言葉が浮いて、ぼうっと光る。みんな。そうか、今こんなに近くで話しているというのに、絹代にとっての世界は、私やにな川ではなく、彼女のグループの〝みんな〟なんだ。長い夏休みは私と絹代の間にさらに距離を生むだろう。そしてその夏休みの先に続く、ひたすら息苦しい二学期。授業の合間の十分休憩が一番の苦痛で、喧騒《けんそう》の教室の中、肺の半分くらいしか空気を吸い込めない、肩から固まっていくような圧迫感。自分の席に座ったまま、クラスの子たちがはしゃいで話をしている横で、まるで興味がないのに、次の授業の教科書を開いてみたりして。この世で一番長い十分間の休憩。自分の席から動けずに、無表情のままちょっとずつ死んでいく自分を、とてもリアルに想像できる。

不吉な想像を振り払うために、私は、クラスの子たちの話を始めた。絹代は友達がいなくて情報網もないくせに、クラスの人間関係についてよく知っている私に驚いた。でも二人とも眠たくて、おしゃべりはぽろぽろ落ちるよう。やがて絹代の声は、小さく途切れがちになり、穏やかな深い寝息に変わった。机の上の、文字盤と針に蛍光塗料が塗られた目覚まし時計の針は、三時半近くを指している。私は眠たいくせに眠れない。にな川はまだベランダから戻ってこない。もう寝てしまったんだろうか。見に行きたいけれど、一人になりたいからベランダにいるはずの彼を、邪魔したくはなかった。

タオルケットからはみ出た足の裏が冷たくなってきた。クーラーがきき過ぎている。深く呼吸している絹代を起こさないように気をつけながら、四つん這いになって手探りでクーラーのリモコンを探す。長い間畳の上をまさぐっていたら、ようやく敷布団の下に、リモコンの固い感触を指先に感じた。リモコンを頭上に高く上げて、ピ、とオフのスイッチを押すと、冷風を送り出す低い稼動音が止まった。部屋は急に静かになり、聞こえるのはかすかな絹代の寝息だけ。

しばらく迷っていたけれど、立ち上がって、カーテンの内側に入りベランダの窓を開けた。途端に蒸し暑い空気が顔を包み、虫の安っぽい鳴き声が遠くから聞こえる。目の前にぶらさがっているGパンやタオルをかき分けながら、裸足《はだし》でベランダに下りた。ベランダはもう夜の闇ではなく、夜明けの暗い青ねずみ色に支配されている。

にな川がいない。いや、いた。ベランダの隅でこちらに背を向け、何かから逃れるように身体を小さく丸めて、ぐったりとしている。

「大丈夫？」彼の身体を揺すると、起きてる、という低い声が返ってきた。

「部屋に入った方がいい。このベランダ暑すぎるよ。」

本当になんでこんなに暑いんだろう、もうすでに汗ばんでいる。辺りを見回したら原因はすぐ見つかった。

「あ、クーラー！」

大きな室外機の羽根が、もうクーラーを消したのに、まだくるくると回っている。夜から今までの間、ずっとここから強烈な熱風がにな川に吹きつけていたんだ。

「もう消したんだろ、クーラー。そんなら朝までここにいるよ。動くの、めんどくさい。」

になが川はのろい動作でベランダの隅からベランダと部屋の境目へ移動し、腰掛けた。私もぶら下がっている洗濯物をできるかぎり物干し竿の端に寄せてから、隣に座り、黙って外を眺めた。

外の闇は少しずつ薄れ、粒子の粗《あら》い景色が広がっていく。暗くて形しか分からなかった家の細部——窓や屋根についているアンテナの輪郭なんかが、徐々に姿を現わし始める。青い屋根瓦に青い竿竹、青い色がいつもより古くさく見えた。にな川がくしゃみをした。彼の薄い目蓋、薄い唇、目も口も皮膚をすぱっと切り開いて作られたみたいだ。何もない所をじっと見つめている猫のように無表情。

同じ景色を見ながらも、きっと、私と彼は全く別のことを考えている。こんなにきれいに、空が、空気が青く染められている場所に一緒にいるのに、全然分かり合えていないんだ。

寝巻き姿のおじいちゃんが家の下の道路を歩いていき、電信柱の下にゴミ袋を置いていった。朝が始まる。中途半端な寝不足で迎える、無気力な朝。空は白っぽくなっていき、気温がむくむくと上がって、昼になったらどれだけ蒸し暑くなるのかなんとなく想像のつく朝だ。朝陽がまぶしくて、だるい。

「ライヴに一緒に来てくれてありがとう。」

「別に、暇だったし。」

「おれさ、理科室で長谷川さんに、〝このモデルと会ったことがある〟って言われた時、はめられた！って思ったよ。」

「はめられたって、何に？」

「なんか、大きいものに……巨大などっきりプロジェクトに。」

になな川は両手で大きな輪を描くような、よく分からない身振りをした。風に揺れるぼさぼさの髪が、ベランダの薄汚れた壁と白い空を背景にして、毛先までくっきりと黒い。

「電撃だった、全身の毛穴が開いたって感じだった。

……あーあ。楽屋口で、おれ、暴走して、怒られて、ただの変質者だったな。」

そう独り言のように呟き、暗い目をして微笑む。

「オリチャンに近づいていったあの時に、おれ、あの人を今までで一番遠くに感じた。彼女のかけらを拾い集めて、ケースの中にためこんでた時より、ずっと。」

言葉の続きを待ったけれど、彼はそれ以上何も言わず、眠ろうとするかのように寝転んだ。私に背を向けて。

川の浅瀬に重い石を落とすと、川底の砂が立ち上って水を濁《にご》すように、〝あの気持ち〟が底から立ち上ってきて心を濁す。いためつけたい。蹴りたい。愛しさよりも、もっと強い気持ちで。足をそっと伸ばして爪先を彼の背中に押し付けたら、力が入って、親指の骨が軽くぽきっと鳴った。

「痛い、なんか固いものが背中に当たってる。」

足指の先の背中がゆるやかに反《そ》る。

「ベランダの窓枠じゃない？」

になな川は振り返って、自分の背中の後ろにあった、うすく埃の積もっている細く黒い窓枠を不思議そうに指でなぞり、それから、その段の上に置かれている私の足を、少し見た。親指から小指へとなだらかに短くなっていく足指の、小さな爪を、見ている。気づいていないふりをして何食わぬ顔でそっぽを向いたら、はく息が震えた。

綿矢りさ
WATAYA RISA
★

一九八四年、京都市に生まれる。
現在、大学在学中。
二〇〇一年、『インストール』により史上最年少一七歳で、第三八回文藝賞を受賞。

初出／「文藝」二〇〇三年秋号

蹴《け》りたい背中

★

二〇〇三年八月三〇日　初版発行
二〇〇四年二月二八日　133刷発行
著者★綿矢りさ
装幀★泉沢光雄
装画★佐々木こづえ
発行者★若森繁男
発行所★株式会社河出書房新社
東京都渋谷区千駄ヶ谷二-三二-二
電話★〇三-三四〇四-一二〇一［営業］〇三-三四〇四-八六一一［編集］
http://www.kawade.co.jp/
組版★KAWADE DTP WORKS
印刷★大日本印刷株式会社
製本★小高製本工業株式会社

ISBN4-309-01570-0